A Coleção de Pesadelos da AVEC Editora e de Duda Falcão reúne livros de contos oriundos das mentes mais insanas de excelentes ficcionistas nacionais. Não deixe de alimentar os seus próprios pesadelos guardando este exemplar monstruoso em sua biblioteca de tomos bizarros.

Copyright © Cristina Pezel. Todos os direitos desta edição reservados à AVEC Editora. Nenhuma parte desta publicação poderá ser reproduzida, seja por meios mecânicos, eletrônicos ou em cópia reprográfica, sem autorização prévia da editora.

P 521

Pezel, Cristina
 Tétricos e metálicos / Cristina Pezel. – Porto Alegre : Avec, 2023. – (Coleção pesadelos)

ISBN 978-85-5447-175-0

1. Contos brasileiros I. Título II. Série

CDD 869.93

Índice para catálogo sistemático:
1.Contos : Literatura brasileira 869.93

Ficha catalográfica elaborada por Ana Lucia Merege CRB-7 4667

1ª edição, 2023
Impresso no Brasil / Printed in Brazil

PUBLISHER
Artur Vecchi

EDITOR
Duda Falcão

ILUSTRAÇÃO DA CAPA
Marcel Bartholo

PROJETO GRÁFICO E DIAGRAMAÇÃO
Luciana Minuzzi

REVISÃO
Camila Villalba

IMAGENS
Freepik (rawpixel)

Caixa postal 6325 | CEP 90035-970 | Porto Alegre - RS
www.aveceditora.com.br | contato@aveceditora.com.br
instagram.com/aveceditora

TÉTRICOS E METÁLICOS
CRISTINA PEZEL

7	59
Elizabeth	A Ratoeira
13	65
O Comerciante	Meu Medalhão
21	67
Alto-Relevo	O Mausoléu da Família Steiner
29	75
O Tombo	A Campanha
33	83
O Amolador de Facas	M'ne-noh
41	93
Maçanetas	O Campanário
47	113
Estação Mercúrio	Heavy Metal
51	121
Bandeja de Prata	Faca de Pão
55	135
Brilho do Metal	Caixa de Vidro

*Algumas palavras revelam o sobrenatural.
Outras, denunciam a vida real.*

ELIZABETH

Cavalgar em uma estrada úmida pela chuva da tarde me faz bem. O barulho dos cascos afundando em terra fofa acalma e consola qualquer alma ferida. Sem pedir licença, o aroma da terra irrompe em minhas narinas e visita minha cabeça, garantindo-me que a floresta é amiga confidente e segura.

Naquela noite, meu passeio não havia sido diferente. Conversava eu com as árvores escuras, companheiras de minha triste viagem. Somente elas sabem de minhas desventuras e do tamanho da dor que um homem pode sentir. Apenas elas me compreendem. Mal eu sabia que um novo ânimo se aproximava de minha vida após perder Lizandra.

Antes de entender o que pretendo contar em primeiro, o leitor ou a leitora precisa saber que Lizandra foi minha amada esposa. Perdi-a, sob muito sofrimento, para fogo cruel e impiedoso, e não me obrigue, pessoa gentil desbravadora destas letras, a contar-te isto com detalhes, pois minha alma se torce em angústia cada vez que me deito e fecho os olhos, lembrando-me de seu rosto, que pude ver nos instantes finais de agonia. Só os remédios prescritos ajudam-me a dormir um sono menos torturante, para começar tudo novamente no dia seguinte. Sofro há três longos anos. Espero que isso baste a quem ora visita minha história.

Como dizia, não imaginava o que me esperava naquela noite. Cheguei ao casarão do sr. Damasceno para entregar-lhe a encomenda do facão, e o que achei ali foi o que faria minha vida encontrar um novo espírito. Um espírito leve, uma essência desprendida da alegria antecipada do porvir. Acredita, tu que estás comigo, eu não imaginava, nem procurava por isso, tal era a profundeza que alcançava minha alma no poço.

Ao chamá-lo à porta enquanto apeava Geada, minha fiel égua cinza, apareceu-me o vulto esbelto, do qual pude presumir cabelos longos, mas sem ver-lhe feição ou tom das madeixas, pois a forte luz de dentro do casarão deixava a moça em silhueta. Constrangido, cumprimentei-a, sem ter certeza de que havia chegado ao local certo.

— Boa noite. Procuro pelo sr. Damasceno.

— É meu pai. Ele já o espera. Por favor, entre.

Seu movimento delicado não somente me causou desassossego como me tomou toda a coragem de continuar a observá-la. Acanhado, meus dedos tiveram certo torpor ao colher a encomenda no alforje. Senti-me tolo, àquela idade, viúvo, com experiência de vida, ter sido acometido por tal arrebatamento pueril. Ao virar-me, ela não estava mais à porta, e a deixara aberta. Certamente tinha ido chamar seu pai, anunciando minha chegada. Quando transpassei o batente, pedi licença e vi o sr. Damasceno acenando-me com gesto amistoso, convidando-me à mesa.

— Aguardava ansioso por essa peça, sr. David. Sentemo-nos. Conhece os vinhos de minhas terras? Creio que nunca deva ter provado!

— Oh, não conheço, de fato... mas já ouvi bem falar — respondi-lhe conforme ele abria uma garrafa nova de sua adega e separava duas taças. Meu olhar, desobedecendo meu recato, fugiu de soslaio em busca da moça, mas não pude alcançá-la naquela sala. Creio que fiquei ruborizado de pensar na possibilidade d'ele perceber minha procura.

— Pois chegou bem à hora. — Enchendo os cristais, perguntou-me pelo facão.

Sentia, àquela altura, um aroma delicioso vindo de algum canto da casa e, confesso, estava com bastante fome, pois não almoçara naquele dia.

Abri a embalagem de couro com cuidado ritualístico, como costumo fazer, para valorizar a peça. Aquela, em especial, tomou-me dez dias de trabalho na forja. O resultado, modéstia à parte, era esplêndido, e foi reconhecido pelo homem.

— Que maravilha! — dizia ele, pegando a peça com cuidado. — Que lâmina... impecável! E que belo trabalho no punho!

Sei bem que a dor e a tristeza fornecem ao cuteleiro um dom especial na criação de espadas, punhais e facas. Talvez a fúria mesclada às lágrimas carregue o martelo de alguma força especial, ou a dor na alma dê um toque mágico à têmpera. Não sei o que pode ser, mas tenho convicção de ter me tornado melhor na forja do que nunca desde a minha perda. Assim, considero-me um artista. Foi nesse período que fabriquei belíssimas espadas, por encomenda, para ricos comerciantes e nobres, inclusive de outras cidades, e, obviamente, algumas peças que com orgulho exponho na parede de minha sala de jantar, ao redor de minha mais bela espada.

Na sala do sr. Damasceno, sobre a lareira, também pendiam algumas peças de coleção — não pude lhes inferir a origem — e outras, que, pela aparência, ele bem usava em seu trabalho. Perguntava-me qual seria o destino da que eu lhe trazia naquela noite e por que haveria ele me feito a encomenda, numa visita que fizera à minha oficina, recomendado por um antigo cliente.

Meus pensamentos foram obliterados pelo movimento do vestido ao meu lado. Os braços graciosos trabalhavam a colocar as louças e talheres na mesa, e nesse momento tive certeza plena de estar ruborizado à sua simples presença. Sem olhá-la, pude perceber a cabeleira ruiva e cacheada.

— Será uma honra que aceite jantar conosco, sr. David! — O homem interrompeu meus pensamentos confusos. — Há tempos não tenho alguém para uma boa conversa, pois quase não tenho ido à cidade! E sei que irá adorar a comida de Elizabeth. Consegue ser ainda mais habilidosa na cozinha do que era minha falecida esposa. Imagino que já tenha sentido o aroma!

A mera revelação de seu nome fez meu coração se descompassar. Eu estava intrigado com o domínio que aquela jovem figura exercera sobre mim em tão pouco tempo, sem sequer ter feito qualquer esforço para isso. Magia poderia ser, se nisso acreditasse na ocasião, mas afastei logo tal pensamento abominável. Minha mente estava cada vez mais perturbada por tão belo sentimento, e cada vez menos eu conseguia prestar atenção na conversa com as idas e vindas de Elizabeth colocando o serviço para nossa refeição. Somente quando ela apoiou a jarra de água sobre a mesa tive coragem de apreciar-lhe o semblante, para minha mais profunda perdição. Atou-me ali, naquele segundo, ao deter seu olhar ao meu.

Aqui, o prezado leitor ou leitora já alcançou a que prêmio ou ânimo eu me referia, e quem fez minha vida ter curso distinto ao que eu imaginava dantes.

Decerto o sr. Damasceno percebera, àquela altura, meu torpor e meu constrangimento, imaginando-lhe a causa. Sabendo-me viúvo, porém ainda em idade de casar-me outra vez, ciente de que o ofício de cuteleiro era a ocupação de minha alma e que meus bolsos me eram abastecidos por aluguéis de imóveis na cidade, não pôs obstáculos às minhas visitas seguintes, sempre sem aparente propósito.

À época que tinha amigos e ainda frequentava o teatro e os bares, sabia que meu porte e beleza eram apreciados, pelos sussurros de moças que me observavam e de mães que me aprovavam — estas não só pela beleza, mas pela minha origem abastada. Não sabiam de minha personalidade forte, o que foi afastando-me aos poucos do convívio social, principalmente quando perdi minha família. Chamavam-me de excêntrico e estranho — eu sabia por meus companheiros —, razão pela qual sempre me foi mais confortável manter esse distanciamento para alcançar tranquilidade interior. O sofrimento e o ofício maltrataram minha aparência, mas havia de ser suficiente o que vinha de dentro de mim, iluminando meu rosto diante das novas perspectivas para minha vida, pois Elizabeth agradou-se com meu pedido de casamento, passadas quatro semanas.

Chego à segunda parte do relato agradando-te também ao contar-te que nosso noivado foi curto e culminou, dois meses depois, em uma bela festa de casamento, reservada, com poucos convidados. O horizonte de minha vida cambiou-se de todo, e até almejei pela felicidade de ter filhos, sonho que não pude alcançar com Lizandra, depois que ela perdeu nosso primeiro menino.

E então, agradecido por tua leitura atenta, chego ao momento em que preciso dar-te detalhes sobre nossa convivência. É a terceira parte.

De fato, beleza e graça eram abundantes em Elizabeth, e as primeiras semanas me enlevaram em êxtase e contentamento a tal ponto que até esqueci-me do ofício na forja por bom tempo, substituindo-o pelo trabalho de criar um belo jardim e uma horta a pedido de minha amada esposa e, não nego, de simplesmente desfrutar de sua magnífica e amorosa companhia. Minha felicidade era tão plena que não precisei mais tomar meus remédios para dormir ou me acalmar.

Elizabeth era interessante e inteligente; apercebi-lhe tais qualidades ainda no noivado. Mencionei antes que minha ligação por ela — que se deu tão imediata — poderia ser chamada de magia, o que não alcancei à época, por incredulidade ou

ELIZABETH

por estar embriagado pelo poder que ela sempre exercera sobre mim. Mas fato é que me causou estranheza, certo dia, encontrar em seu baú de roupas, em uma de minhas buscas inopinadas, alguns livros que eu nunca reparara na estante, sobre histórias de bruxas e feitiços. Livros execráveis, cuja mera visão me despertou repugnância e asco e, confesso, ânsia de vômito, por não imaginar que Elizabeth fosse dada a ler histórias assim! Ficar atônito e desconcertado foi importante para abrir meus olhos e estar mais atento aos sinais que a vida me dava. Mais uma vez senti lâminas em meu coração, e uma frustração, revolta cinzenta se apossou pouco a pouco de mim, marcando-me a face com preocupação e tristeza, o que podia constatar ao ver-me no espelho a cada dia. Muitas coisas em nossa vida começaram a fazer sentido. Os ruídos que eu escutava à noite, os pesadelos que começaram a assombrar a minha paz... e até mesmo a desconfiança que comecei a ter sobre substâncias que ela vinha colocando em minha comida.

Nunca lhe pedi explicações sobre os livros. Apenas os arremessei, em um dia de fúria em que ela já estava caída ao chão, para dentro do forno da oficina de forja, onde rápido queimaram enquanto eu apertava o fole com a força de minha alma.

Precisei estabelecer bem as regras dali por diante. Não a deixei mais sair, porque sabia que certamente buscava suas ervas nas florestas do entorno de nossa casa, e quem sabe com que pessoas poderia se encontrar para pôr em prática algum plano maligno.

Cogitei formas de anular o casamento, e tudo isso me atormentava, porque o amor carnal que eu sentia por ela ainda estava presente, fazendo-me travar luta dolorosa com meus sentimentos, tal foi o encantamento que ela utilizou em mim.

Elizabeth chorava noite e dia, dizendo-se inocente e vivendo entre lamúrias, pedindo para que eu tivesse piedade, implorando para que acreditasse nela, mas eu não tinha fé em ninguém mais além de mim. Vivemos assim por semanas.

Certo dia, alcançado meu limite, logo depois do desjejum que não pude comer pois estava envenenado, tranquei-a na oficina. Precisei amarrá-la para que não fugisse. Acendi o carvão do grande forno e com movimentos vigorosos acionei o fole, até que as chamas ganhassem força e a fumaça começasse a tomar o ambiente. Tratei de fechar a única janela. Assim, ela adormeceria antes de ir embora. Era isto o que meu espírito implorava no recôndito de minha consciência, por piedade: que Elizabeth não sofresse em sua partida, porque, de um modo ou de outro, eu ainda a amava, embora ela tivesse cometido o mesmo erro que Lizandra. Meu destino parecia ser esse, afinal. O que eu poderia fazer a esse respeito, além de aceitar que ela era feiticeira e tomar as providências que me cabiam?

Minha oficina não tinha mais aço nas prateleiras e, como expliquei-te, estava praticamente abandonada, pois desinteressei-me em reabastecê-la, por bastante tempo, enquanto duraram os poderes dela sobre mim. Precisava ir à cidade cuidar disso.

Tratei de tudo e o céu escureceu em nuvens cinza quando a chuva fina começou a cair. Acabei por almoçar na cidade e retornei, com a carroça já abastecida de um pouco de aço.

Seguindo pela estrada, parei antes no casarão de meu sogro, surpreendendo-o com a visita. Precisei tratar disto, pois no futuro poderia causar-me algum problema. Por ironia, usei o próprio facão que lhe fabricara, ferramenta que estava mais disponível às mãos, e com dificuldade levei-o até suas videiras, enterrando-o ali, o que decerto faria bem ao solo exigente da plantação.

A fiel Geada me levava pela estrada úmida, de volta à minha casa, e me vi, como dantes, confidenciando minhas dores e constatações às árvores escuras da floresta, minhas amigas. Elas me responderam que decidi pelo que era devido e necessário. Elas me tranquilizaram.

Cheguei à oficina. Cumpri com minhas determinações.

Não foi sem tristeza que, sob a quentura de sua carne queimada, vi seus ossos e cabelos ruivos cintilando no carvão: o calor perfeito para o derretimento do metal... A fumaça que, tenho certeza, invadiu o aço e transformou-o em algo único. Foi naquelas três semanas que fiz a mais bela espada que já forjei em minha vida: chamei-a de Elizabeth. Esta, não a vendi: tenho-a exposta em frente à mesa de minha sala, ao lado da outra, para que possa apreciá-la a cada refeição.

O COMERCIANTE

A PORTA DE aço da mercearia se abria de segunda a sábado, sempre às sete e meia. Por trás da chapa de metal que se enrolava em barulho incômodo para os vizinhos, aparecia o meio corpo de seu Francisco. A porta parava na metade, e somente às oito horas ele a abria por completo, arrematando o estrépito.

Nessa pré-abertura, Francisco arrumava os hortifrutigranjeiros comprados mais cedo no Mercado Municipal — caixotes que trazia pelos fundos, onde havia um átrio e o estacionamento do prédio —, organizando frutas e legumes em cores alternadas na bancada para embelezar a exposição de seus produtos.

Na sexta-feira, o dia em que comprava as carnes, entrou no frigorífico, após colocar suas botas especiais, e abasteceu os ganchos com os cortes pequenos que trouxera. Evitara peças grandes, pois estava sozinho — seu funcionário, de férias — e bastante aborrecido por ter que carregar tanto peso.

Havia trazido também algumas garrafas novas de vinhos e azeites. Subiu e desceu em uma pequenina escada para arrumá-las nas prateleiras — e dava gosto de ver quanta mercadoria bonita. Amava esse trabalho. Caramba, como seu ajudante lhe fazia falta nessa hora. Todo esse esforço extra agraciou Francisco com uma forte dor na coluna.

No sábado pela manhã, antes da abertura total da porta, movimento que o torturou devido à dor lombar, Francisco cuidava da organização da bancada quando percebeu um homem parado à frente da mercearia.

— Abre às oito, senhor — ele gritou para avisá-lo.

Mas a pessoa não estava exatamente aguardando a abertura.

A pessoa pretendia entrar antes de abrir.

Francisco descobriu isso em seguida, quando o homem se abaixou e, sacando uma arma, fez sinal de silêncio, com o dedo em riste sobre a boca.

O comerciante sentiu o sangue se esvair e suas pernas falsearem. Era a primeira vez que sofria um assalto à mão armada.

— Passa o celular, o notebook, e o dinheiro do seu cofre aí embaixo! E rápido, coroa!

Com dedos trêmulos, Francisco botou a mão no bolso e entregou primeiro o celular. Desconectou o notebook do caixa e abaixou a tela, deixando-o pronto para ser levado. Quanto ao cofre, titubeou um pouco para ganhar tempo, embora não soubesse se isso adiantava de alguma coisa. Talvez fosse melhor entregar tudo de vez para ver o bandido sair logo dali.

— Seu filho da puta, abre logo o cofre! — dizia o homem enquanto olhava tenso para a porta do comércio, receoso de que aparecesse algum cliente.

Francisco, de cócoras, rígido e sentindo pontadas nas costas, digitou a senha do cofre, no entanto, por alguma razão, a portinhola parecia estar emperrada, e não poderia ser em momento mais impróprio.

— Rápido, ô caralho! — O bandido chutou a costela de Francisco e só então percebeu o esforço que ele fazia para desemperrar o cofre. — Já digitou a senha?

— Sim, sim, tá com luz verde, olha aqui! Ele destrancou, mas tá emperrado, tô tentando!

O bandido não teve paciência. Derrubou Francisco com um empurrão. Então, ajoelhou-se para desempacar a portinhola. Sacudia, entre xingamentos abafados, e a pressa e gana foi tanta que por alguns segundos ele se distraiu do comerciante.

O barulho foi seco e estalado. Certamente partira o osso do crânio. Francisco jogou a enxada no chão, e o cabo dela caiu sobre o corpo do homem desfalecido. Uma poça de sangue começou a formar-se.

Francisco sentia uma dor lancinante na espinha — fora acentuada pelo esforço para o golpe. Com dificuldade, saltou por cima do corpo, cuidando para não pisar na poça, e correu trôpego até a porta de aço da mercearia para fechá-la, apreensivo com a iminente chegada de alguém. A tensão em seus músculos piorava o estado de sua lombar. Cãibras subiam pelo dorso e lhe repuxavam as costas.

Fechada a porta, ficou estático, mãos na cabeça, sem saber o que fazer.

"E se tiver um comparsa lá fora?"

O COMERCIANTE

15

Ele voltou ao caixa e, cambaleando, passou por cima do corpo e subiu ao segundo piso, onde morava, para olhar a rua de melhor ângulo e de forma mais discreta. Não viu ninguém estranho parado, nenhum carro suspeito estacionado, e as únicas três pessoas que passavam pela rua eram conhecidas. Desceu e olhou o átrio, aos fundos — ninguém, e só carros dos vizinhos estacionados. Um pouco aliviado, voltou para seu problema.

Precisava decidir as coisas rápido, pois o sangue se espalhava. De uma coisa estava convicto: não queria ter que passar por um processo judicial. Não poderia dar margem a isso. Ainda que legítima defesa, aquilo era grave e ia ser um estorvo em sua vida nos próximos anos. O azar poderia visitá-lo e converter sua legítima defesa em homicídio doloso. Não, não, não, de jeito nenhum!

Tinha de sumir com o corpo.

Olhou o relógio e já passava das oito horas. Pegou duas folhas grandes de caderno e escreveu, com hidrocor grosso, uma mensagem rápida para afixar na porta da mercearia.

Prezados clientes,
Não abriremos hoje
Retornaremos normalmente
na segunda-feira

Foi para o lado de fora e grudou as folhas com fita sobre a porta de aço. Pisou na trava da porta para alinhá-la à lingueta e colocou, com dificuldade, o cadeado. Antes que pudesse entrar e cuidar de seu problema, apareceu-lhe uma cliente.

— Bom dia, seu Francisco. Ué, não vai abrir, é? — disse ao ver o aviso. — O senhor está bem? Tá tão pálido e suado!

— É o remédio que tomei pra baixar a febre. E minha coluna tá me matando. Tô com uma gripe forte ou alguma virose, não sei. Tô até meio enjoado também. Olhe, é melhor manter distância, que essas viroses pegam fácil. Vai saber o que é? Com licença, vou entrar. Até segunda!

Trancou a portinhola de acesso e, já do lado de dentro, apoiou suas costas nela, com certo alívio de deixar o mundo lá fora.

Necessitava de um plano para se livrar do morto. E rápido!

16 TÉTRICOS E METÁLICOS

***

Eram oito da manhã e Francisco abriu a porta da mercearia. De novo, seu funcionário estava de férias. Sentia-se estranho e incomodado. Fazia exatamente um ano daquele triste dia que nunca saíra de sua cabeça em várias doses de tortura diária, flashes vívidos que o acompanhavam da manhã até a noite, invadindo também seus frequentes pesadelos. Estivera pagando, à sua forma, pelo crime que cometera.

Agora tinha um sistema de câmeras de segurança. Na verdade, agradecia que não as tivesse antes, pois nunca gostaria de ver aquelas imagens.

Seu primeiro cliente do dia foi uma figura estranha que lhe causou certo desconforto e repugnância. Um homem longilíneo, de rosto lívido e imberbe, veias verdes revelando-se nas olheiras. O aguilhão de seu nariz expunha poros abertos e negros. Suas vestes em tom de cinza selavam a aparência lúgubre.

Observou os nós protuberantes de seus longos dedos articulando-se para pegar um pêssego da bancada. O homem esfregava seu polegar na fruta, sentindo-lhe a textura.

— Bom dia. Meu nome é Uriel. Bons produtos tem aqui. — A voz era fraca e seca, igual a ele.

Depositou em Francisco um olhar gris como a tristeza. Ele parecia inquiri-lo. Mas podia ser que fosse só impressão. Afinal, desde o ocorrido, o comerciante desenvolvera uma mania de perseguição, acreditando que, em algum momento, alguém fosse descobrir seu segredo.

Francisco não sabia se respondia, ou apenas sorria com um aceno. Optou por responder.

— Escolho com carinho as mercadorias no Mercado Municipal. Tudo pelo freguês, não é?

— "Carinho" e "freguês" são palavras que o senhor, em particular, nunca poderia usar na mesma frase.

O comerciante não gostou do comentário e teve, naquele instante, certeza de que o homem não era um simples cliente.

— Não entendi, sr. Uriel.

— Entendeu, sim, Francisco — disse, colocando o pêssego com cuidado de volta na bancada. — Sei o que houve aqui no ano passado. Concorde comigo: depois do que fez, "falta de respeito" seria uma expressão melhor. "Mercearia do Francisco, o

O COMERCIANTE 17

homem que não respeita seus clientes." Poderia pôr uma placa assim na porta.

De início, Francisco sentiu-se aviltado com o que Uriel lhe dissera com olhar pesaroso. Mas, num estalo, compreendeu a gravidade. Ora, esse homem sabia! Como? Não podia imaginar. Mas sabia... Seria o comparsa que não percebeu àquela altura?

— Se veio me assaltar, saiba que agora tenho câmeras aqui!

— Sei bem que tem câmeras. E ainda bem que à época não as tinha, não é? Teriam registrado tudo o que fez. E não, não vim assaltá-lo — disse enquanto examinava uma cebola e a devolvia à bancada. — Não há mais nada em que possa ser roubado, Francisco.

Mudo por alguns segundos, Francisco viu o homem arriar a porta de aço da mercearia. Não interveio. Se Uriel ia chantageá-lo, era melhor ouvir a proposta sem que mais alguém pudesse entrar ali.

— Você se livrou da enxada...

Ele sabia detalhes, Francisco constatou, cada vez mais atônito. Estava branco de nervoso, e perplexo em ver que Uriel sabia da ferramenta. Estaria jogando verde?

— Que enxada?

— A do crime. A que usou para quebrar a cabeça daquele homem. E você viu que a arma dele era de brinquedo, não viu?

Hesitou em responder. Mas sabia que, ele conhecendo tais minúcias, a conversa era realmente necessária. Não havia como fugir dela. Queria descobrir o quanto ele sabia, então mediu bem suas palavras.

— Sim, mas só pude descobrir depois. Joguei fora, longe daqui... a arma falsa e a enxada também.

— E por que não fez o mesmo com o corpo, ao menos, para que fosse encontrado e sua família pudesse enterrá-lo? Pois ele tinha uma mulher e dois filhos, e um pai idoso. Sofrem até hoje. O homem passava por dificuldades. Não que eu queira justificar o assalto, mas morrer por precisar de dinheiro? Não acho justo. É desproporcional. Você não acha desproporcional?

Francisco conjecturou que aquele homem conhecia a família do bandido, que a família poderia saber do local do assalto e que, estando o homem "desaparecido", sabiam que o assalto havia falhado. Mas, ainda assim, como Uriel conhecia tais pormenores sobre a enxada e a arma? Por que aparecera ali no aniversário da morte do assaltante, e só agora? E será que sabia do restante?

— Eles sequer imaginam, Francisco. Ele foi dado como desaparecido. A esposa pensa que ele fugiu, ou foi morto por alguma besteira que tenha feito. Não sabe o que houve aqui, senhor comerciante — Uriel o surpreendeu, parecendo vasculhar, impiedoso, seus pensamentos.

Ainda assim, Francisco não quis trair-se pelas palavras, fornecendo informações a mais do que ele pudesse ter. Sondava aquele homem. Precisava saber até onde iria.

— O que você veio fazer aqui? Por que não desembucha de uma vez?

— Eu vim aqui te dizer que o universo responde à altura, em certos casos. O que é seu está reservado. Acredite.

— Como assim?

— Você sabe que, depois de seu erro, cometeu outro erro pior ainda, Francisco — Uriel dizia, sacudindo a cabeça, os lábios apertados numa expressão torta de desaprovação, enumerando, em seguida, com os magros dedos, seus argumentos: — Uma falta de respeito com o morto, uma falta de respeito com você, uma falta de respeito com seus clientes! Por que simplesmente não jogou o corpo longe daqui, Francisco?

— Estava com dificuldade! Não aguentava o peso!

— Que dificuldade? A dor nas costas?

Francisco levou as mãos à cabeça e começou a chorar.

— Como sabe disso? Afinal, quem é você? Veio aqui pra me julgar? Me castigar? Eu já disse! Eu tava com dificuldade e precisava fazer algo rápido! Mal consegui arrastá-lo até o frigorífico! Não conseguiria levá-lo até meu carro, e ia deixar pistas e mais pistas... sangue! Alguém dos apartamentos com janela pro átrio... alguém podia ver! Pare de me atormentar! Eu não tive escolha!

— Não teve escolha? Pois bem... não tinha força para arrastá-lo até o carro, mas teve força para levantar a enxada e atingi-lo com aquela potência toda, sem que ele pudesse se defender. Pelas costas, Francisco? Covardia.

— O bandido estava armado, achei que a pistola era de verdade! E não imaginei que fosse morrer assim, numa pancada só... eu queria desmaiá-lo e chamar a polícia!

— Chamar a polícia. Eis algo que teria sido sensato, para que

O COMERCIANTE

justiça fosse feita. Talvez tivesse sido sua melhor opção. Mas não.
— Pare!

— Pergunto-me: se não podia arrastá-lo, e se tinha dores, como arranjou força para erguer o corpo até a bancada da serra de corte?

— Fiz uma força descomunal, era necessário, só tive essa opção!

— Não, Francisco, não tinha só essa opção. Partir o corpo todo em pedaços, jogados nos potes plásticos de armazenamento da carne que você vende? Como teve coragem, Francisco? Você que nunca cometeu crime algum antes! Como conseguiu?

— Não sei! Não sei como tive coragem! — respondia aos prantos, ajoelhado com o rosto entre as mãos. — Eu não ia fazer isso... ia levar aos poucos e jogar em algum lugar... mas fiquei com medo de alguém me flagrar e fazer exame naquela carne... e eu ia estar frito... Fiquei a madrugada inteira atormentado com esse pensamento... então, na segunda-feira, antes de amanhecer, desci e decidi moer tudo, pra vender e me livrar daquilo. Pela quantidade, já sabia que até terça já teria despachado tudo. Misturei com carne de boi. Coloquei meio a meio. Fiz promoção pra vender o mais rápido possível... ninguém ia perceber, com certeza, e eu estaria livre desse transtorno em dois ou três dias! O crânio e os ossos maiores, eu triturei. O escalpo, eu queimei. Juntei tudo com as pelancas e restos de carnes, que recolheram no caminhão da coleta orgânica na quarta-feira. Por favor, me compreenda, eu não tinha o que fazer! Não tinha o que fazer! Fui obrigado!

Uriel o encarava com o pungente olhar cinzento. Uma tristeza profunda atingiu o peito de Francisco, que agora estava prostrado ao chão, rosto colado no ladrilho, derrotado.

Viu Uriel abrindo a porta de aço da mercearia. A claridade feriu os olhos de Francisco, mas ainda pôde contemplar a figura do interlocutor mergulhando na luz matinal, uma silhueta, até esvair-se dentro dela.

Francisco se levantou com dificuldade. Chorava como um menino, entre soluços de arrependimento, destruído por dentro como nunca se sentira antes, nem naquele dia que acreditava ter sido o pior de sua vida.

Foi até a entrada da mercearia, limpando seu rosto das lágrimas, enxugando a coriza que descia pelo nariz. Avistou nuvens cinza se formando no céu, coroando de desalento aquele triste aniversário. Ouviu um estrondo. Numa fração de segundo, julgou ser uma trovoada, para em seguida entender que era o barulho da porta de aço se desprendendo e caindo sobre sua cabeça.

O comerciante morreu com o osso temporal direito partido na quina de granito de uma das bancadas.

As câmeras da mercearia, analisadas pela polícia para descartar possível assassinato, não registraram a presença do homem longilíneo, vestes e olhos cinza como a desolação.

ALTO-RELEVO

Uma noite fria, de um passado triste,
E teu dedo em riste a me condenar.
Viste sem teus olhos, afeição sentiste,
Mas há tempo insiste em desacreditar.
Quando o sol tocar a cabeleira alva
E o destino incerto da poeira alta
Sobre tua caveira a fizer pousar,
é chegada a hora, meu querido, amado,
De cessar a dúvida de teu passado.
É chegada a hora de te reencontrar.

Ao terminar de ler, se entreolharam.

— Isso é macabro.

— Macabro demais. Que é, uma maldição?

Passaram a mão, sacudindo um pouco mais da poeira sobre a placa robusta e enferrujada na entrada do porão. Estava afixada à esquerda do alizar da grande porta dupla. As letras, em alto-relevo, repletas de oxidação, denunciavam décadas de abandono.

Vinte e um degraus na rocha separavam aquela porta da casa que acabaram de comprar.

— Acho que eles não sabiam dessa área aqui. Ainda bem, porque teriam cobrado mais. — Empurrou a porta de madeira meio emperrada e sem tranca. — Olha só, dá pra fazer um escritório aqui!

— Dá nada, Alberto. Tudo sem janela, nesse subsolo? Deve ter muita umidade. Aqui, no máximo, podemos guardar tralhas.

— Você está enganado. E tem janela, sim!

De fato, cheiro de umidade não havia. Talvez, o da poeira. Ele apontou a luz da lanterna para uma parede distante. Havia madeiras pregadas no que parecia ser uma grande abertura. Enquanto Rômulo iluminava o cômodo, Alberto, animado, subiu num móvel empoeirado e pôs-se a retirar as tábuas da parte mais alta, que de tão podres quase se desmanchavam em suas mãos.

A luz os ofuscou à medida que a janela se revelava. A arquitetura do porão aproveitava o declive da montanha e, embutido na rocha, uma de suas faces se voltava para a inclinação verde da colina.

— Chega aqui, vem ver a vista! O que é isso? Vista pro sol poente! Que massa!

Com receio, Rômulo apoiou os braços no beiral. De fato, nem pareciam estar naquele bairro. Lá em cima era, sim, um bairro tranquilo, havia a rua e certo movimento. Ali, aos fundos, vista para a natureza pura. Ele tinha razão: se soubessem do cômodo, teriam valorizado a casa. Tiveram sorte.

— Decidido, meu escritório vai ser aqui — Alberto dizia animado. — Vou fazer uma reforma nesse porão. Preparar a parte elétrica... Vai ficar maravilhoso! Com uma obrinha, isso aqui embaixo vai ficar perfeito pra eu escrever!

— Ah, não! Compramos a casa porque não precisava de reforma nenhuma, pra não esquentar a cabeça com nada. Não vou ter paciência pra uma obra!

— Rômulo, isso é um achado! Temos que aproveitar! Olha, tem um banheiro ali do lado... quer dizer, quase um banheiro, mas dá pra ajeitar!

— Alberto, Alberto... vamos arrumar tudo primeiro e pensamos com calma, ok? Temos um monte de caixas pra organizar lá em cima. A espada do colecionador, vai pendurar onde? E as cortinas chegam hoje, o cara prometeu. Vamos subir logo, que daqui não ouvimos a campainha.

— Boa ideia! Vou colocar também uma extensão do interfone aqui!

Ao anoitecer, deitaram-se, exaustos, mas boa parte das coisas de cozinha e do quarto já estavam arrumadas. A cortina ficou perfeita na sala.

Tomavam o café matinal quando a campainha tocou. Alberto esticou o pescoço, mas da janela não conseguia visualizar quem era. De pé, conseguia ver: um homem apático aguardava do outro lado do portão de ferro.

— Um cara estranho — sussurrou para Rômulo ao limpar a mão no pano. — Vou lá ver o que ele quer.

Nem mesmo à sua aproximação o homem se mexia. Permaneceu impassível, aguardando o atendimento.

— Sim, meu senhor?

— Bom dia. Vim aqui deixar meu telefone. — Com movimentos lentos, o homem retirava um cartão do bolso de sua camisa.

— Se mudaram ontem, não é?

— Ah, sim, sim. — Alberto pegou o cartão — Sr. Hugo? Aaaah, o senhor trabalha com obras?

— Exato.

— Bem, a casa não está precisando de obras no momento, reformaram antes de vender pra gente. — Alberto disfarçou o interesse e o espanto com a coincidência. Não queria se comprometer de imediato com o homem.

— Podem precisar. — Um silêncio de segundos deixou Alberto constrangido. O homem continuou: — Fique à vontade. Já sabe como me encontrar. Alvenaria, revestimento... trabalho com madeira também. Assoalhos. Lambris. Já construí casas de madeira. E o mausoléu da família Suarez, todo em granito, por dentro também, e...

— Tá, tá, tá... Entendi. — Alberto sorriu sem jeito. — A gente não conhece ninguém por aqui... ainda, né? Não conheço essa família.

— Ah, sim. A família Suarez foi muito tradicional por aqui. Bem, já não sobrou mais ninguém, mas o bairro todo conhece. Digo isso porque é uma boa referência sobre meus serviços, caso queira se certificar. Tenha um bom dia.

Alberto ficou ali, segurando o cartão à altura do rosto, enquanto o homem partiu com andar calmo e dobrou a esquina.

Ao voltar à cozinha, Rômulo lavava a louça.

— O cara é empreiteiro, marceneiro e tals. Muita coincidência, né? Sinal que devemos mesmo arrumar aquele porão!

— Alberto... aquele quartinho lá em cima é tão gostoso, aconchegante... sol da manhã... monte seu escritório lá...

— Não tem aquela vista bucólica, Rômulo! Não tem árvores farfalhando! Só nosso vizinho tem as janelas pra trás, as nossas não dá pra mudar da frente. Não vai ter o pôr do sol... Ah... eu me conheço, me apaixonei pelo porão... não vou ficar em paz até ajeitar aquele espaço pra mim. Por favor, sabe que vai ficar lindo! É o lugar perfeito! Imagine, ele todo em madeira...

Sacudindo a cabeça, Rômulo não tinha argumentos a contrapor. Conhecia a persistência de Alberto quando cismava com uma ideia.

— Antes, ao trabalho. Vamos ver se terminamos de arrumar tudo aqui hoje — concluiu, aceitando provisoriamente o pedido de Alberto.

***

Foi depois de duas semanas que decidiram telefonar para Hugo para dar início à reforma no porão.

— Um telefone fixo. O cara não deu celular, isso dificulta a comunicação, né? Tem certeza de que quer chamar ele?

— Já estou ligando, silêncio — disse Alberto, sentado no braço do sofá.

Rômulo ouvia a conversa enquanto arrumava sua pasta para ir ao trabalho. Alberto ainda estava de férias e, como planejaram, trataria das compras de material e do início da obra.

— Aham, sim, hoje à tarde está ótimo, sim. Mas tente chegar antes das três horas, pra dar tempo de conversar com calma, o dia ainda claro, pro senhor analisar o espaço... ah, já conhece? Ah, sim...

Quando desligou, veio correndo até Rômulo.

— Ele vem hoje. Ele já fez obra aqui antes, já conhece aquele espaço lá embaixo! Acredita nisso?

— Cidade pequena. — Rômulo balançou a cabeça e pegou o molho de chaves.

— Sim, sim. Vai, que já está atrasado. Bom trabalho.

Depois do almoço, às quatorze em ponto, Hugo chegou com um caderno na mão. Desceu à frente de Alberto, vagaroso, segurando uma lamparina, olhando para o chão como se apreciasse cada degrau do acesso ao porão. Ao achegar-se da porta, passou a mão na placa. Alberto o observava. Parecia acariciar as letras em alto-relevo.

— Placa estranha, não é?

— Está bem enferrujada — respondeu Hugo. — Lembro-me de quando a afixei aqui.

— Você? Caramba, achei que essa placa tinha décadas! Foi o dono antigo?

Hugo olhou para ele por alguns segundos.

— Sim, um dono antigo.

Alberto passou boa parte do tempo explicando a Hugo tudo o que imaginara fazer naquele porão. Falou sobre o interfone, sobre o pequeno banheiro. Hugo ouvia, atento, assentindo com a cabeça, ora anotando coisas, ora tirando medidas com sua trena. Explicou o que dava para fazer no cubículo do lavabo, sobre como pretendia instalar um vaso sanitário. Enfim, uma reunião proveitosa, em que Hugo o tranquilizou sobre a compra de materiais.

— Eu cuido de tudo, todo o material. Eu lhe apresento as notas, e o senhor paga pelo material. O serviço, metade no início da empreitada, metade quando lhe entregar seu escritório. O tom da madeira a gente acerta depois com verniz. Pintarei algumas tábuas pra que escolha.

Hugo era perfeito. Entendera com clareza sua aspiração, sua expectativa quanto àquele cômodo. Era pontual pela manhã, e terminava sempre às dezessete horas. O serviço avançava rápido, mesmo trabalhando sozinho, e em quatro semanas estava concluído. Ele até pôs uma fechadura na porta de acesso. Alberto se surpreendeu quando Hugo entregou a obra, pois cuidara de polir a placa à entrada.

— É um poema. Representa muito — disse ele, acariciando mais uma vez os tipos metálicos, agora brilhantes.

Surpreso com a sensibilidade daquele homem, Alberto agradeceu com um forte aperto de mão, que o convidou para um inevitável abraço. Uma ligação estranha. Afastou-se, pagando-lhe a parcela que faltava e ainda completando com um valor extra, como um bônus pelo excelente trabalho.

Quando Rômulo chegou, à noite, Alberto fez questão de mostrar como tudo tinha ficado, coisa que o parceiro nunca tivera curiosidade de conhecer no decorrer da reforma. Cada vez mais Rômulo parecia tratar aquela obra com desdém e distância. Mas, agora, terminada, não podia se negar a ver como tinha ficado.

***

Estava no meio da escrita de um capítulo, descansando os cotovelos sobre a mesa, com as mãos unidas sobre a boca, procurando inspiração nas árvores. Rômulo chegou com um chá.

— Você nem almoçou. Esse livro está te devorando.

Alberto respondeu com um sorriso triste, agradecendo pela bebida quente. Rômulo se sentou à mesa.

— Precisa definir melhor seus horários. Você está perdendo o controle. Daqui a pouco vai ficar doente. Passa mais tempo aqui do que lá em cima.

— Não é isso.

— É isso! Eu saio pra trabalhar, só te vejo no café. Depois, só à noite, na cama. Não jantamos mais, não vemos um filme juntos, não saímos no sábado, nem domingo... Durante a semana, você deixa a comida lá na geladeira, nem mexe, não come nada! A faxineira vem aqui e nem te vê!

— Vê, sim, que ela veio aqui embaixo semana passada.

— Ah, sim, que bom que concordou que aqui também precisava ser limpo, não é? Olhe pra você! Você está esgotado! O que está havendo, Alberto?

— O livro está me demandando muito. Desculpe, sei como se sente.

— Você não sabe como me sinto, Alberto. Não sabe. Me preocupo com você, você não está bem.

***

Naquela época, quando o porão já contava com colchonete, cobertor e travesseiro, Alberto costumava trancar a porta. Era comum que Rômulo batesse e esperasse, sem resposta. Deixava a bandeja ali, à entrada. Às vezes Alberto comia, às vezes ficava intocada, substituída pela refeição seguinte.

Também era usual que o interfone daquele cômodo tocasse várias vezes. Ocasionalmente, ele atendia. Rômulo se preocupava se iria encontrá-lo desmaiado algum dia, caído, porque nem a seus gritos ele respondia mais.

Foi depois de dois anos desse tormento, e muitas centenas de páginas escritas, que eles se separaram. A partir daí, Alberto precisou sair de sua clausura para cuidar das coisas, a seu modo.

Alberto então circulava pela casa vazia, onde comia suas parcas refeições para depois voltar ao seu porão criativo, e escrevia mais, e mais, e mais. Saía poucas vezes à rua, apenas para tratar de assuntos no banco, ou para ir a um médico, em situação extrema, ou fazer as compras do mês. Já tivera oito empregadas diferentes, com as quais se comunicava o suficiente para a manutenção da casa, e não mais.

Com o passar dos anos, a placa em alto-relevo recebia a visita implacável e gradativa da oxidação e da poeira.

Certo dia, Alberto decidiu telefonar para Hugo, pois queria que a placa voltasse a ficar brilhosa como antes. Postergara por todo esse tempo, até ter vontade de telefonar. Agora havia um motivo. Emergiu de seus escritos para a vida real e conseguiu tomar coragem para fazê-lo. Teve certo receio de, após tantos anos, não haver ninguém do outro lado da linha.

Mas Hugo atendeu.

Aguardou com certa expectativa a sua chegada. Hugo estava exatamente igual, embora as décadas tivessem trazido a Alberto os cabelos grisalhos, as rugas de cansaço de uma vida mal vivida, as costas curvadas pelo peso do tempo.

Não houve troca de palavras.

Hugo poliu a placa e foi embora.

***

Alberto jazia sobre o teclado de seu notebook empoeirado.

Não havia moscas. Só o farfalhar das árvores. O cheiro de folhas verdes.

Os raios de luz, retângulos precisos, exatos, sensíveis, transpassavam a janela, mostrando a poeira flutuante que sempre existe, mas não vemos.

Pousou sobre o corpo dele, amável e delicada.

O TOMBO

LEVANTOU-SE E OLHOU para suas mãos. Havia terra e pedriscos colados na pele úmida, sobre as linhas bem desenhadas da palma. Percebeu o pequeno arranhão da farpa que não sentira antes. Bateu uma mão na outra, tentando fugir da vergonha com uma expressão séria e sóbria. A vergonha do tombo é algo incontornável. Somente a despistamos.

Sacudiu a poeira nos joelhos, ansioso por desfazer-se logo daquelas ações necessárias e voltar ao seu trajeto.

Após responder a um ou a outro que não se machucara — que pessoas gentis haviam sido —, continuou apressado, virando na primeira esquina para fugir de qualquer observador que ainda o espreitasse.

Queria sair logo dali.

Não o conheciam, e cair era fato inevitável ao longo de uma vida, para quem anda diariamente por calçadas tortuosas e irregulares. É estatística. Não há por que para a vergonha. Há sim, há por quê. É incontornável. Inevitável. Está em nosso código genético. Cair é sinal de fraqueza e submissão, assim como torcer para um time dá pertença a um grupo e sensação de proteção e superioridade. Cair é ser dominado.

Ele era jovem. E lhe doía ser dominado. Trauma. Andava nervoso, passos nervosos. Olhares nervosos. Por isso caíra? Ou era seu pensamento, que ainda estava dentro daquele quarto? O quarto. Como fizera aquilo? Precisava sair logo dali. Não via mais nada à sua volta. Só a cena se repetindo vez atrás de outra. A cena se repetia. Tinha medo de que alguém a visse em seus olhos. Estava confuso. Ele lhe acrescentava detalhes que descobrira ainda frescos escondidos no canto, fora do foco da ação. Estava absorto demais. Talvez por isso caíra.

O trânsito ficara engarrafado mesmo antes da queda. Agora, depois de virar a esquina, ouviu a primeira sirene. Haviam

30   TÉTRICOS E METÁLICOS

demorado. Ou, talvez, sua sensação sobre o tempo estivesse alterada. Pegar um ônibus — qualquer ônibus — viria a calhar. Afastá-lo-ia dali. Precisava, precisava sair daquele lugar. Tudo estava muito intenso. As memórias se completavam cada vez mais fortes. Teria que fazer um esforço para esquecê-las, para jogá-las no canto onde sempre as guardara, por toda vida, enquanto caiu tantas vezes, arremessado por ela. Arremessado por ela. Humilhação.

Havia descido as escadas com pés de pano. Evitara o elevador, evitara encontros.
Não havia porteiro. O botão na coluna do saguão abriu o portão. Saiu antes dos vinte segundos, evitando a campainha do alerta de porta aberta.
Isso fora cronometrado nas visitas anteriores.

Enfim, o ônibus qualquer. Sentou-se, e este convergiu para a rua onde estava antes. Da janela empoeirada, observou as pessoas. Talvez fossem as mesmas e agora atentavam para o outro espetáculo: a ambulância na frente do prédio, após a outra esquina. Corriam para lá. A polícia afastava as pessoas.
Achou que alguns o encaravam, pensando "É o moço que levou o tombo". Mas não, que bobagem. Isso era egocêntrico. Aquilo havia sido irrisório. Já fora esquecido, diante do espetáculo mais interessante que surgira logo atrás. O corpo caído. O corpo.
Encostou o cabelo suado na janela do ônibus. Fez-se uma marca fosca no vidro. Sentiu o sono repentino, a garganta coçar-lhe; dificuldade de engolir a própria saliva. A tensão? Sentia cheiros cítricos. Ouvia o zunido da culpa em sua cabeça.
A garganta estava seca; as mãos continuavam úmidas.

Havia tomado o café que ela, com desdém, lhe oferecera, sorriso irônico atrás do batom. Quis parecer-lhe tranquilo e aceitou a caneca de inox que ela lhe esticou. Bebeu de um só gole.
Café sem açúcar para as palavras amargas de sempre. Dessa vez, ELE as proferiu. E agiu.
No quarto aos fundos, a janela do arremesso do corpo desvalido. Não havia cortinas poéticas a dançar com o vento. Havia a dureza dos alisares e das palavras. Havia o poder sendo retirado, tornando o corpo imperioso de antes, o corpo que se debatera, um

O TOMBO   31

mero estorvo caído ao chão.
Ferira a mão no assoalho com a farpa da madeira. A almofada
fora guardada discretamente no armário, após a luta.

No ônibus, o corpo tombou ao chão na quinta curva. Lábios roxos.

No armário da cozinha, o vidro aberto de veneno apenas serviu para que a perícia concluísse que ela pretendia pôr-se fim de outro modo e, num último instante, houvera decidido pela queda.

A caneca metálica de café, vazia, no quarto.

A história dos dois, perdida para sempre ali, secreta, naqueles tombos.

O AMOLADOR DE FACAS[1]

FAUSTO PUXAVA o carrinho. Alinhava-o ao meio-fio, paralelo à calçada, e de novo soprava para avisar de sua chegada. Cumprida a rotina, enfiou o apito no bolso da camisa, ajeitou sua boina e esfregou as mãos.

Ali, naquele bairro, clientela não faltava. Era o quinto local daquele dia: rua Elídia. Estava sendo um dia bom: dois minutos parado e o pessoal já aparecia, trazendo algum utensílio para afiar. Público cativo. Contavam coisas para Fausto enquanto ele trabalhava a peça e perguntava sobre qualquer assunto cotidiano: "E a escola dos pequenos?", "Seu pai melhorou de saúde?", "Conseguiu comprar o cachorrinho?". Fausto era figura conhecida nas adjacências.

Naquela rua havia uma casa muito antiga, velha, cinza, empoeirada. Do muro baixo se desprendiam cascas de reboco. Um pequeno portão enferrujado, com uma das dobradiças danificada, prendia-se desalinhado com uma corrente e cadeado. A cobertura da casa tinha telhas quebradas, e notava-se o acúmulo de galhos e folhas de uma árvore frondosa ao lado.

"Será que aquelas telhas algum dia foram vermelhas?", ele pensou ao observar o aspecto escuro do telhado. As janelas de vidro fosco e imundo estavam sempre fechadas, ele já notara. O jardim da entrada não era propriamente um jardim, e sim um amontoado de capim alto em suas jardineiras, plantadas pelos pássaros e o vento.

Julgava Fausto que era uma casa abandonada. Mas, naquele dia, tendo acabado de atender o último cliente da rua e enquanto arrumava o carrinho para sair, percebeu que a porta da sala se abriu com um rangido pesado. Ele viu uma pessoa carregando

---

1 Vencedor do Concurso Literário de Contos FEMUP - Paranavaí (2014) e Vencedor do Prêmio Cataratas de Contos e Poesia (2015).

algo na mão. Era um homem, que se posicionou na varanda, trancou a porta da sala — todas as três trancas —, testou se estava bem trancada e, em seguida, dirigiu-se ao portão do muro, olhando para Fausto.

O amolador ficou surpreso. Arriou o carrinho no chão, entendendo que o homem queria afiar algo. Teve que esperar o morador abrir aquele portãozinho empenado do muro baixo exterior. O homem saiu, fechou a corrente com cadeado e veio até ele.

Ele aparentava ter uns trinta anos. Seu aspecto, magro e pálido, de olheiras fundas. O cabelo era oleoso, sujo e desgrenhado, com uma franja ajeitada para o lado com as mãos. Tinha penugens suadas, principalmente perto das orelhas, grudadas na pele do rosto. As sobrancelhas, finas e ralas sobre olheiras onde pulsavam dois olhos azuis pequenos e sem brilho. Vestia uma blusa encardida branca de mangas compridas, embora fizesse calor, e uma calça preta surrada. Nos pés, sapatos pretos por engraxar, cheios de vincos que hospedavam poeira. Fausto percebeu que o utensílio que trazia para seu serviço era um grande facão.

O homem chegou perto de Fausto e falou sem nenhum cumprimento:

— Quanto es para amolar este facão?

Percebendo-lhe o sotaque hispânico, respondeu devagar:

— Cinco reais.

O homem estendeu as mãos, entregando-lhe a peça. Fausto pegou o facão na mão e sentiu o peso. "Excelente empunhadura", pensou. Uma peça belíssima, mas que ao mesmo tempo carregava algo de sinistro. No punho, que era de marfim, havia esculpidos adornos florais e anjos com caras estranhas, cujas mãozinhas apontavam para uma única figura central, na extremidade do punho — uma caveira. Fausto julgou haver certa semelhança com o proprietário. Afastou o pensamento. Na lâmina, a figura daquela caveira se repetia, em baixo-relevo. Fausto sentiu um arrepio estranho.

Começou a afiar o facão com muito cuidado e tentou puxar assunto, intrigado com aquele objeto admirável.

— Facão muito raro. É bonito. O senhor é colecionador?

— No.

— Este facão é de onde? — continuou Fausto.

O morador demorou a responder. Enfim, falando um português mal falado, soltou um suspiro e disse:

— Es espanhol. Mi família era de lá.

Houve um silêncio de alguns minutos e Fausto continuou tentando um diálogo:

— Tem alguém de sua família aqui no Brasil? Ou moram todos lá?

— Se murieron todos.

— Sinto muito. O senhor mora sozinho nessa casa tão grande?

— Si. Já acabo?

Fausto, constrangido e sem saber se ele se referia às suas perguntas ou ao serviço, apressou-se por terminar a amolação da peça. Entregou-a com cuidado ao homem. Ele lhe deu, em troca, um canivete muito bonito, com cabo de osso trabalhado.

— Fique com ele como garantia. Eu no tenho dinero trocado agora. Quando eu encontrar com o senhor otra vez, le pago e o senhor me devolve o canivete.

— Mas não é preciso caução — Fausto tentou ser gentil, exibindo um sorriso. — O senhor me paga depois.

— Eu insisto. No lo despreze.

Fausto assentiu com a cabeça.

— Tudo bem. Qual é o seu nome?

— Lúcio.

— Obrigado, seu Lúcio. Às ordens. Passo sempre por aqui.

"Que figura estranha", pensou Fausto, e observou Lúcio voltar para sua residência, abrindo aquele cadeado que fechara com tanta cautela, sem nenhuma necessidade, pois estava logo ali ao lado. Trancou novamente o cadeado do portão do muro baixo. Andou até a varanda, subiu três pequenos degraus. Viu-o abrir as três trancas da porta da sala. Ao entrar, olhou para Fausto por prolongados segundos, estático, e adentrou, trancando a porta.

Ficou imaginando por que o homem amolara o facão. Era certo que não o utilizava na cozinha — aquele facão não era do tipo culinário. Muito menos no quintal tomado por capim havia tempos. E ele não parecia do tipo aventureiro, que fosse fazer alguma caminhada ou desbravar alguma mata. Se era uma peça decorativa, para que amolar?

Durante esse pensamento, percebeu que segurava o canivete com muita força. Estava tenso. Não entendia o porquê — não havia motivo. Abriu a mão e o canivete descansava equilibrado na palma vermelha da pressão. A pele ficou marcada com a bordadura dos adornos. Observou mais uma vez o cabo de osso.

Apreciou os detalhes muito bem trabalhados para um cabo desse material. Olhou do outro lado do cabo. De novo, a figura da caveira, tal qual esculpida no facão. Colocou seus óculos de leitura para poder observar melhor as minúcias. Liberou a lâmina e viu que estava impecável. Sua vista repousou de novo na casa cinza. Ele estava intrigado. Guardou o canivete na gaveta de seu carrinho e preparou-se para ir embora.

***

Dois meses depois, já era época de Fausto repetir o circuito naquelas adjacências, e chegou à rua Elídia. Era sábado. A primeira coisa que fez foi olhar para a casa cinza. Ficou observando-a por alguns minutos. Uma casa morta. Não havia vida ali, a não ser a do mato que preenchia o quintal e brotava inclusive entre as rachaduras do cimento. Olhando para a janela principal da casa, pegou seu apito e o soprou, anunciando-se para a clientela. Achou ter visto um vulto atrás do vidro fosco. Passou rápido. Não teve certeza de tê-lo visto.

Os clientes começaram a aparecer.

Quando chegou a dona Fernanda, que era sempre quem sabia das coisas por ali, ele perguntou:

— E essa casa, hein? Da outra vez conheci seu Lúcio. Mas essa casa é estranha, né?

— Minha Nossa Senhora! O senhor não brinca comigo, seu Fausto! — Fausto parou de amolar a tesoura da dona Fernanda e olhou para ela com um sorriso, esperando algo como a conclusão de alguma piada. Ela também o fitava, e continuou: — O senhor está é brincando comigo, né?

Fausto desfez o sorriso. Entendeu que ela falava sério.

— Não estou brincando, de verdade — ele respondeu. — Eu o conheci na última vez que vim aqui.

— Seu Fausto, por favor. Fico até arrepiada. Pare de brincar assim!

— Dona Fernanda, agora eu fiquei preocupado. A senhora é que está brincando comigo? Eu conheci o seu Lúcio, um rapaz magro, cabelo preto, uns trinta anos. Ele amolou um facão comigo.

Nesse momento haviam chegado perto deles mais alguns clientes que se envolveram na conversa. Fausto e dona Fernanda, assustados, tentavam entender o que podia ter acontecido. O

O AMOLADOR DE FACAS

outro vizinho esclareceu o porquê do susto de dona Fernanda:

— Seu Fausto, essa casa está fechada desde o assassinato dele!

— Como assim? — Fausto questionou com assombro.

— Tem mais de quarenta anos isso! — continuou o vizinho.

— Sempre se ouviu falar que esta rua recebeu um estranho morador espanhol chamado Lúcio. Boatos diziam que era foragido da polícia. Tinha uma vida de hábitos noturnos. Às vezes chegava com uma moça qualquer em sua casa. Depois se soube que ele fugiu da Espanha porque havia matado toda sua família. Certo dia, menos de um ano depois da chegada dele, alguém invadiu sua casa para fazer vingança. Lúcio foi encontrado morto no chão da cozinha, degolado.

Fausto ouvira a história paralisado e nada disse, como se ainda digerisse as informações, tentando dar-lhes sentido.

— Seu Fausto, o senhor viu mesmo esse Lúcio? — indagou dona Fernanda. — Será que não era alguém brincando com o senhor? Dizem que ele aparece quando alguma pessoa vai ser morta! Por favor, seu Fausto, nem brinque com isso!

Após todo o relato, Fausto estava pálido. Tremia. Não tinha condição de amolar mais nada. Não sabia o quanto daquilo era apenas lenda. Não sabia se era alguma troça com ele. Abriu a gavetinha de acessórios de seu carrinho e pegou de lá o canivete. Sentiu frio. Chegou-se para perto da mureta da casa cinza e atirou-o no quintal. Escutou o barulho da peça batendo no cimento e saiu transtornado, com passos apressados. Deu uma última olhada naquela casa e abaixou a cabeça, ajeitando a boina, a balbuciar qualquer coisa para afastar maus espíritos.

***

Fausto dormia e seu colchão estava suado. Achava-se imerso em um pesadelo de cenas escuras, das quais não conseguia se lembrar ao abrir os olhos de madrugada. Foi até a cozinha e serviu-se de um copo d'água. Sentado à mesa, observou as gotículas que se formavam no copo e passou a ponta do dedo indicador com delicadeza na superfície de vidro, para fazer algum desenho indefinido. Estava com pensamento fixo na casa cinza, no facão de Lúcio, no que os vizinhos falaram. Devia ter sido sobre isso seu pesadelo, ele não conseguia se recordar. Passou as mãos na cabeça e olhou para o copo. Viu no vidro o desenho de uma caveira. Ele passou rápido o polegar na superfície lisa, com gestos largos, para apagar aquelas marcas nas gotículas do copo gelado.

— Foi só impressão — disse para si mesmo. O coração batia acelerado.

Fausto estava arrependido, até apavorado, por ter jogado o canivete no quintal. Sentia sua cabeça latejando, o barulho do sangue pulsando por dentro de seu cérebro.

Bebeu o resto da água do copo num gole grande. Olhou mais uma vez para o vidro. Um copo normal. Não havia nada de estranho, só seus pensamentos.

E o canivete no quintal? Não devia ter jogado o canivete no quintal...

Ele foi até a janela olhar o tempo. Não estava chovendo. No entanto, havia o sereno. Iria estragar o canivete.

"Ele disse que ia me encontrar de novo", pensava. "Quando eu encontrar com o senhor outra vez..."

Deitou-se na cama e tentava racionalizar as coisas. Podia ser um novo morador, simplesmente. Eles podiam não ter percebido que a casa fora ocupada de novo. Mas... por que um espanhol? Coincidência? Talvez fosse um descendente, um herdeiro. Ele poderia estar aqui para resolver questões sobre a venda do imóvel.

"Será que ele me viu jogar o canivete no quintal?"

***

Alguns dias se passaram e Fausto não tinha mais noites tranquilas de sono. Havia pesadelos dos quais não conseguia se lembrar, de escuridão e penumbra. Havia angústia crescente. Havia um pensamento fixo em Lúcio. No facão amolado. No cabo do facão. Nos detalhes da lâmina do facão. No canivete atirado ao quintal, ao relento. No momento do encontro. "E meu canivete?", ele diria. Havia um pressentimento ruim em relação àquilo tudo. Ojeriza à rua Elídia. Irracionalidade. Confusão mental.

No fim de um dia de trabalho, Fausto estava naquelas redondezas. Já havia anoitecido, mas ele decidiu passar pela rua Elídia.

***

O AMOLADOR DE FACAS

Arriou o carrinho como sempre fazia, alinhado ao meio-fio. Seus movimentos eram cautelosos, como se não quisesse que ninguém o ouvisse.

— Por que estou me comportando assim? Qual o problema se alguém perceber que estou aqui? — falava para si. Sussurros. Suor.

À noite, a casa cinza parecia ainda mais uma casa abandonada. Não havia iluminação, não parecia haver nada lá dentro. Fausto se aproximou do muro baixo. Antes de encostar suas mãos nele, olhou para a janela da casa outra vez. Agora havia uma tênue luz. E percebeu, só naquele momento, que a porta principal estava aberta. Estranhou, dada a fixação em trancar tudo que Lúcio demonstrou quando o conheceu. Então olhou para o portão do muro e notou que não havia cadeado.

Voltou sua atenção para o quintal. Pegou uma lanterna de bolso e apontou-a para o chão, tentando encontrar o canivete. A luz da lanterna estava fraca, mas naquele pedaço cimentado do quintal não havia muito mato. Localizou com facilidade o cabo de osso, adormecido e abandonado, aguardando havia dias por um resgate. Fausto andou vagaroso até o portão pequeno e deu um passo para dentro. Dirigiu-se sem ruídos até o canivete e recolheu-o do chão. A peça estava muito fria. Parecia ser toda de metal — estava gelada! Ele o apertou com força dentro da palma da mão direita e sentiu um certo conforto. Havia fechado os olhos. Sacudiu a cabeça e os abriu.

Voltou-se para a casa cinza e deu passos silenciosos em direção a ela. Subiu os três degraus ante a porta aberta. Colocou o canivete no bolso e entrou.

A sala era estranhamente aconchegante sob a luz amarelada da vela no aparador. Uma iluminação insuficiente, fraca. Muitos cantos estavam obscuros. Havia um cheiro de mofo no ambiente, misturado ao odor de fumaça e cera e um cheiro metalizado e cítrico que Fausto não soube reconhecer. Aspirou fundo. Aquilo lhe era atraente. Estava absorto. Viu um quadro na parede. Uma foto de família, trajes da década de sessenta. Costeletas. Bigodes. Franjas. Quadriculados. Crianças sorridentes.

A vela se apagou.

Fausto se virou em direção ao aparador onde ela estava. "Foi o vento?"

Pegou a lanterna em seu bolso e a apontou para a vela. Viu a fumaça se despedindo do pavio. Então, apontou a lanterna para o corredor, para o quadro, para a mesa, e algo brilhou. Aproximou-se da mesa e viu o conhecido facão repousado na madeira rústica talhada. Pegou o canivete no bolso e o colocou ao lado do facão, passando a mão sobre as duas peças, numa carícia de admiração. Olhou-as, atento — eram belas. Ele era um amolador de facas. Sabia apreciar peças de cutelaria. Sentia-se satisfeito em restituir o canivete, um alívio. Voltou-se para apreciar o quadro mais de perto; queria verificar se aquelas peças apareciam na foto. Colocou a lanterna na altura de seu rosto e aproximou-se da moldura.

Observando a foto, viu, no segundo plano, uma parede. Começou a identificar algo...

A luz da vela se acendeu e ele ouviu a voz de Lúcio, com seu sotaque espanhol:

— Te gustan las facas?

Ele se virou num sobressalto, apontando a lanterna para o vulto. Viu os olhos fundos de Lúcio refletindo a luz, mas, em seguida, a luz da lanterna se apagou.

Talvez a pilha fraca.

A lanterna caiu de suas mãos, confusa por entre os dedos trêmulos.

A sala era penumbra. Lúcio pairava atrás da mesa. Estava lá o tempo todo? Fausto não sabia dizer. Fausto não sabia como agir.

— Desculpe, eu vim devolver o canivete.

— Te gustan las facas, no es verdad?

A luz da vela se apagou.

***

Tempo se passou e os moradores estranharam e comentavam entre si sobre a visão de Fausto, contada naquele sábado em que os atendeu amolando facas e tesouras. Rapidamente a narrativa ganhou novos detalhes que não existiam na história original contada à dona Fernanda.

A profissão do amolador de facas virou uma raridade urbana.

Fato é que Fausto nunca mais foi visto por ali.

MAÇANETAS

SEU PRIMEIRO IMÓVEL próprio: uma pequena casa de um quarto, mais do que suficiente para ela.

A casa geminada numa vila em São Paulo acabara de ser reformada e decorada. Sara ainda estava arrumando tudo, tirando coisas das caixas. Em meio à arrumação, observava o filho, que corria feliz, explorando cada canto. O menino tinha ido até o segundo andar, de onde ela escutava seus passos. Ela parou na porta da despensa. Tocou a maçaneta. Sacudiu a cabeça, como se afastasse um pensamento.

Lucas descera: já tinha fome e começou a ficar impaciente, algo comum a crianças de sete anos, ela sabia.

— Mamãe já vai pedir uma coisa que você adora. Já vamos comer. Aproveite e procure sua caixa de carrinhos — Sara tentava sossegá-lo.

Não demorou para que a pizza chegasse e Sara visse o menino aos saltos em volta dela, apreciando a embalagem quente sobre a mesa.

— Você gosta de um jantar improvisado, né? Por você, podia ser assim todo dia! — disse, fazendo-lhe cócegas na barriga.

Horas depois, Sara subia ao quarto com Lucas adormecido em seu colo, colocando-o na sua cama com o aconchego natural de uma protetora. Puxou a coberta sobre seu corpo e deu tapinhas suaves para selar o sono da criança.

A coisa da maçaneta não saía de sua cabeça.

Exausta àquela altura, teve seus medos sobrepujados pelo sono merecido. Aconchegou-se ao lado do filho e em segundos dormiu um sono que começou tranquilo.

Na madrugada, acordou para ir ao banheiro. Ligou o abajur e se levantou, trôpega. Ao colocar a mão na maçaneta teve um sobressalto: o metal estava gélido, como a porta de um frigorífico. Um frio profundo — atingia os ossos de sua mão. Por instinto, empurrou a porta do banheiro, levando a mão ao peito. Uma névoa fria adentrou o quarto em penumbra. Sara se recompôs. Imaginou ter deixado a janela do banheiro aberta. A temperatura havia caído, devia ser isso.

Mas não era simples assim. Havia o vulto ao lado da pia. Um vulto cabisbaixo, cinza, maltrapilho. Um vulto fétido, que emanava fuligem prateada, um vulto cujas roupas pareciam vivas, mexendo-se como cobras entre rasgões e farrapos. Levantando a cabeça como se tivesse percebido sua presença, interpelou Sara.

— Pra que o trouxe aqui? — disse com a bocarra rasgada, pronúncia difícil de compreender.

Sara soltou um grito curto e recuou dois passos para sair dali. Depois, num instante, não via mais nada lá. Estava dormindo ainda? Foi até a cama e passou a mão no cabelo de Lucas, certificando-se de que dormia. Pegou o celular na mesa de cabeceira, ligou a lanterna e jogou a luz dentro do banheiro, aproximando-se cautelosa.

Ao entrar, certificando-se que nada havia, tocou no interruptor para acender a luz.

O banheiro estava normal. De fato, a janela ficara aberta, e uma corrente fria entrava por ali. Fechou o basculante. Não teve como deixar de comparar: o metal da janela estava frio, mas a maçaneta parecera muito mais, parecera congelada quando ela abriu o banheiro. Teria sido impressão?

Urinou. Limpou-se. Antes de levantar-se do vaso, encarou a maçaneta da porta. Levantou a calça do pijama, lavou as mãos e foi até ela. Não quis encostar seus dedos. Empurrou a porta entreaberta com o pé.

Sara sentia certa aflição. Esperava que uma casa nova a libertasse de seus traumas e amarras, a libertasse de tudo. Talvez a tensão da mudança a tivesse deixado estressada. Que seja só isso. Que seja só isso.

Talvez fosse.

Engoliu seus remédios. Não percebeu o quão rápido dormiu.

***

Saiu cedo para trabalhar e, às dezesseis horas, já estava de volta em casa, com algumas sacolas de mercado, trazendo mantimentos necessários para a semana. Dedicou um bom tempo a

MAÇANETAS 43

arrumar parte das caixas que faltavam e à noite preparou o jantar.

— Vem, Lucas, está na mesa!

Sara o observou com carinho. Sentou-se estabanado na mesa e enfiou as garfadas na boca, comendo, ávido, a refeição que ela lhe preparara. Depois, assistiram TV juntos, na sala, abraçados no sofá mostarda, embaixo de um cobertor.

Cochilavam quando Sara tremeu, num sobressalto. Olhou à sua volta... o programa terminara, Lucas dormia. Quando se mexeu, viu o menino abrindo os olhos, sonolento.

— Vai lá pra cima, meu amor, que a mamãe vai lavar a louça e já vai dormir com você. Não esqueça de fazer xixi.

Desligou a TV e observou o menino subindo as escadas. Trancou as portas da casa, foi até a cozinha encarar os copos, pratos, garfos e facas que aguardavam por ela.

Enquanto jogava no lixo a comida que sobrara, julgou ter ouvido o grito.

Depois, teve certeza: eram gritos vindos lá de cima. Pegou uma faca e correu, subindo as escadas a pernas largas, saltando degraus, arremessando-se sobre a porta do quarto quando chegou ao segundo andar.

Trancada. A maçaneta, gelada.

Ouvia os gritos de Lucas lá dentro, chamando por ela.

Ela sacudiu a porta.

— Abre a porta, meu amor! Calma, já vou entrar!

Sara acionava a gélida maçaneta inutilmente, ouvindo seu filho clamando por ela, pedindo ajuda. Teve certeza de que havia mais alguém dentro do quarto. Os pedidos de socorro se intensificaram, ele gritava mais e mais alto. Ouvia ruídos de coisas sendo movidas e derrubadas.

Apavorada, colocou a faca no cinto e tentou chutar a porta. Pegou impulso e golpeou a madeira com o ombro, mas não conseguiria abri-la assim. Com mãos trêmulas de nervosismo, pegou o celular em seu bolso. Dificuldade. Conseguiu ligar a tela. Dentro do quarto, as batidas continuavam, coisas derrubadas.

— Socorro! — ela gritou enquanto tinha sua luta pessoal com o telefone, tentando efetivar a chamada.

Um zunido intenso vinha lá de dentro. A porta parecia vibrar. O que estavam fazendo com ele? Ouvia os gritos angustiados de Lucas. Sara estava imersa em desespero, seus cabelos agarrando-se ao suor do rosto e pescoço enquanto ela batia na porta com força, chorando, ao mesmo tempo tentando concluir a ligação para a polícia. Lutava contra seus dedos moles para conseguir digitar os números... Levou mais tempo do que o normal, errou umas cinco vezes.

Enfim conseguiu.

Aos prantos, deu o endereço. Tiveram dificuldade de entender sua voz débil entre soluços tensos de pânico.

— Venham rápido! Meu filho está trancado lá dentro com ele, por favor, não consigo abrir o quarto!

Quando desligou, meteu a mão na maçaneta fria e enfim, ela destravou a porta.

Empunhou a faca e entrou. Havia uma caligem gelada. A luz tênue do abajur iluminava o suficiente e ela pôde ver então vários vultos percorrendo o cômodo. Mergulhada naquela névoa, soltou a voz determinada:

— Onde está ele?

À sua pergunta, os vultos começaram a rir, soltando guinchos agudos e mostrando dentes acinzentados de sua boca fendida. Havia velhos, crianças, animais estranhos... Zombaram dela e a devoraram com olhos opacos e brancos fincados em faces deformadas, com penachos esvoaçantes pendendo de suas cabeças, dançando como os fiapos e trapos de suas vestes podres e fétidas. Sara os ameaçava com a faca, perguntando por Lucas, e eles riam-se cada vez mais, fazendo sua dança estranha parecer infinita.

Reconheceu dentre eles a figura assombrada que encontrara no dia anterior, no banheiro. Ela veio flutuando em sua direção, com movimentos torpes, assim que Sara fez contato visual. Quando chegou perto, aproximou seu rosto, mas Sara, sentindo o frio que emanava da entidade, manteve-se firme enquanto dizia:

— Deixe-o ir!

Sara transpôs a mão e a coisa se afastou, voltando para aquela ciranda de fantasmas. Ela gritou pelo filho mais uma vez, agora desferindo golpes furiosos em todas as direções, transpassando as formas fantasmagóricas. Com a agitação de seus movimentos, a caligem dentro do quarto agrumou-se em remoinhos cinza. Ela foi atingida por pedriscos que explodiam em pequenos coágulos vermelhos. O zunido aumentou, até ficar insuportável e terminar de súbito, cortado pela voz atrás dela.

— Que foi, mamãe?

MAÇANETAS

Sara se virou e viu o pequeno vulto na porta. Pôde então ouvir o ruído das folhas de árvore encostando na janela. Escutou o cantar de uma cigarra. Uma brisa fresca a atingiu. Relaxou a mão e a faca caiu sobre o carpete. Correu e ajoelhou-se diante do menino para abraçá-lo.

— Está tudo bem? Você está bem, meu filho? Você foi beber água? A mamãe esqueceu de trazer, né?

Ela ficou ali por muito tempo, abraçando-o. Pôs o menino na cama, recolheu a faca caída no chão, salpicada de carmim.

Ela pretendia pegar um pouco de água para tomar seus remédios. Encostou na maçaneta, estava congeladíssima. Olhou para o menino. Ele lhe deu um sorriso tranquilo.

A campainha tocou.

— Já volto. Fique aí, vou atender lá embaixo.

Desceu e, ao dirigir-se até a porta principal, não percebeu que ainda carregava a faca.

— Boa noite. Sou a sargento Leila. Recebemos um chamado deste endereço. Está tudo bem? — A mulher analisou com espanto o aspecto de Sara.

— Ah, desculpem. Está tudo bem, não foi nada.

— A... sua mão — a policial disse, fazendo um gesto discreto para os policiais atrás dela.

Eles a imobilizaram, recolhendo a faca em um saco plástico. A sargento pedia a presença da equipe da perícia técnica e reforços.

— Vamos precisar olhar todo o imóvel, senhora. Tem o direito de permanecer calada e de ligar pra algum familiar ou advogado.

— Cuidado... as maçanetas! Não abra se estiverem geladas... Não abram! — Sara gritou, testa suada, punhos trêmulos unidos pelas algemas.

Não encontraram ninguém no imóvel, além de Sara com suas mãos ensanguentadas.

ESTAÇÃO MERCÚRIO

O ZUNIDO FOI tão alto que ele cobriu as orelhas e se encolheu entre os joelhos. Percebeu que estava sentado no chão carpetado da composição. O ruído passou, ele ainda ficou por muito tempo encolhido, sem compreender. Enfim, abriu os olhos e olhou à sua volta.

— Levante-se. Alguém pode tropeçar com você aí, não é?

A moça o contemplava com olhar de quase ternura, como se compreendesse tudo que ele viveu por toda sua vida.

Não havia somente ela. Havia mais três dentro daquele vagão. Dois jovens e uma senhora de uns sessenta anos.

Ele não se lembrava de como foi parar ali.

"Próxima estação: estação Milênion. Desembarque pela esquerda."

— Desculpe, moça — ele disse, levantando-se, apoiando a mão no vidro. Pelas janelas, apenas paredes cinza rochosas dos túneis do metrô. Estava no metrô, então. O trem começou sua frenagem, mas o ruído não o incomodava mais.

— Só dói quando chega — ela respondeu, sorrindo, percebendo seu estranhamento.

Ele não entendeu bem. Acabou de levantar-se, acenando a cabeça para todos, como se os cumprimentasse — porque todos o olharam como se lhe dessem boas-vindas — e continuou, com a dúvida em suas sobrancelhas.

— Não entendo bem onde estou. Como vim parar aqui... eu...

O trem parou. Um dos rapazes se posicionou à porta.

— Se sente melhor? — Ela segurou seu braço.

— Estou um pouco confuso. Onde estamos?

— Estação Milênion. Não ouviu? — Ela riu, convidando-o a relaxar um pouco.

Ele sorriu de volta pela gentileza de tentar aliviar a tensão. Mas não havia tensão, de fato. Havia mais uma curiosidade.

Não reparou no rapaz que desceu, e logo o trem partiu. A estação seguinte parecia mais distante. Queria reparar pela janela, para ver se identificava algo que lhe parecesse familiar. Porém via só paredes e mais paredes cinza do metrô.

— Acho que preciso de ajuda médica. Vou saltar na próxima estação. Não me lembro como vim parar aqui — ele disse, um pouco envergonhado. — Moça, pra falar a verdade, nem me lembro de quem eu sou...

— Ninguém se lembra. Não se preocupe.

Desorientado, ele vasculhou seus bolsos à procura de alguma pista. Nada havia nos tecidos e entre as costuras. Nem se lembrava daquela roupa. Não se lembrava daqueles sapatos. Olhou os demais. Conversavam entre si, tranquilos. A moça observava a janela.

— Como se chama? — ele perguntou.

— Também não sei. Acredite, não faz diferença.

A partir desse momento, ficou realmente intrigado. Sabia que havia algo de errado com ele, mas, ao que parecia, ela devia estar em situação igual.

Todos deviam estar.

— Estamos indo a algum lugar? O que sabe sobre tudo isso?

— Sim, estamos todos indo a algum lugar. É pra isso que servem os trens, não é? — Sorriu, brincalhona.

"Próxima estação: estação Lúminus."

— Agora, a senhorinha. Observe. — A moça acenou com o queixo.

O trem parou. A porta se abriu, invadida por forte luz. Por instinto, ele levou o braço aos olhos, mas logo percebeu que podia olhar sem sentir o incômodo em sua íris. Viu a senhora andando tranquila para fora da porta, sendo engolida pelos raios luminosos, e a porta se fechou. Nada podia ser visto pelas janelas além de luz e mais luz.

— A estação dela — disse a moça, conclusiva.

— E você? Onde você vai descer? — ele perguntou.

— Eu? Falta muito. — Ela quase gargalhou. — E olha que estou aqui há bastante tempo. Bem, você vai descer antes. Você e outros que ainda faltam, os que vão chegar.

— Onde vou descer?

— Na estação Mercúrio. — Ela o encarou. — Não deve ter medo, deve apenas acreditar e sair.

Acreditar e sair. Foi aí que compreendeu.

Ele havia morrido.

Que tolo. Demorou a entender isso. Mas sua cabeça estava flutuando, meio vazia, desde que se encontrara sentado no carpete.

— É que alguns não saem, e isso é um problema — ela completou.

— Então... você é a última?

— Neste trem, sim, sou. Preciso ajudar vocês.

A sua tranquilidade foi um pouco abalada pela expectativa de que a Estação Mercúrio fosse a próxima. De novo, ela pareceu ter percebido seus pensamentos.

— Ele vai antes. — Apontou outra vez com o queixo, referindo-se ao rapaz. — Pra sua, ainda falta um pouco. Podemos conversar mais. Por exemplo, fiquei intrigada com "Mercúrio". É a primeira vez que verei essa estação!

Ela o encarou, olhos curiosos, como se perguntasse o motivo dele descer na Estação Mercúrio.

— Eu não tenho resposta pra você, se é o que está esperando. Estou muito confuso com tudo isso!

— Ah, tem resposta, sim! — Ela sorria com lábios jocosos.

O menino na cama, sob a coberta, viu a porta branca abrir-se. Sua mãe entrou sorridente, com um copo na mão.

— Hora do remédio. Vou medir sua temperatura.

Pôs o copo na mesinha de cabeceira e sacudiu o termômetro, inspecionando os números.

— Isso é um metal líquido, sabia?

— Como assim?

— Aqui dentro do termômetro tem mercúrio. — Ela mostrou o instrumento. — É metal em forma líquida. De acordo com o calor de seu corpo, ele se expande e com isso podemos aferir com que temperatura você está.

Colocou-o sob a axila de Marcelo.

Não entendeu muito bem a explicação. Só imaginou que legal seria mergulhar numa piscina prateada de metal. Sim, estava com febre, a expressão preocupada da mãe revelou. O beijo atenuou o sabor amargo do antitérmico. Fez efeito, mas pela madrugada piorara, teve convulsões e alucinações. Estava imerso em um oceano de mercúrio sob sol poente. Parecia nadar em prata.

Pegou-se sorrindo.

— Esse foi seu maior êxtase imaginativo — ela interrompeu seu pensamento e ele até se sobressaltou, tão absorto estava. — Foi seu melhor, seu melhor sonho.

— Foi... foi mesmo! Foi irado! — Ele gargalhou, feliz.

Era verdade. Agora ele entendia. Mas assustou-se.

— Eu morri criança?

— Ah, não, não. Você superou aquela doença. Viveu uma boa vida, teve filhos e pôde envelhecer.

O trem começou a desacelerar e a voz anunciou "Próxima Estação: estação Navis. Desembarque pela direita" e o rapaz que estava com eles se aproximou da porta. Lá fora, a estação, uma infinidade de areia num horizonte "pra lá de infinito" — foi a impressão que Marcelo teve, o mar verde e límpido com espuma branca. Na areia, um barco à vela repousava.

Depois da breve parada, o trem começou a andar e, pela janela, em uma fração de segundo, Marcelo viu o rapaz correndo em direção ao barco.

— Uma baldeação. — Ele riu-se. E ela também.

— Agora que entendeu, preciso ajudar o próximo. Vá com paz. A sua estação chegará em breve.

Assim que disse isso, ela aproximou-se de uma moça que estava sentada na cadeira, encolhida com a cabeça entre as pernas. Marcelo não a havia percebido ali. Tinha certeza: ela não estava no trem antes. A moça, confusa, levantou a cabeça e analisou o vagão. Seu olhar pousou sobre Marcelo e ele lhe sorriu, cumprimentando-a calmamente.

"Próxima estação: estação Mercúrio. Desembarque pela direita."

Marcelo se posicionou. Olhou mais uma vez para a amiga, que conversava com a recém-chegada.

— Preciso nadar? O que devo fazer?

— Apenas vá. Logo chegará lá — ela lhe respondeu devolvendo o olhar.

A porta se abriu e um buraco profundo mais à frente no chão da estação revelava um mar de metal prateado.

Ele pegou impulso, deu um grande salto metros acima e ainda teve tempo de ver o trem partindo enquanto abraçou seus joelhos antes do mergulho.

BANDEJA DE PRATA

O TELEFONE TOCOU pela terceira vez naquela madrugada. André olhou o identificador, e apenas um zero aparecia. Ainda assim, levou-o ao ouvido. O silêncio. Ela desligou.

Feliz, sabia que em breve chegaria. Era sempre assim. Ligava três vezes, talvez para certificar-se de que não tinha visita, para ouvir o ruído em seu quarto, e para ter certeza de que estava em casa e abriria a porta.

André colocou o robe e destravou a fechadura com suavidade para não alardear aos vizinhos. Apoiou-se no batente e olhou o corredor escuro. Ela gostava de ser recebida assim. Logo ouviu o eco das portas corta-fogo nas escadarias. Mais uma, mais uma. Enfim, chegou ao andar.

Ele sacudiu o braço no corredor para ativar o sensor da luz parca. Viu Paula emergindo do hall à meia-escuridão e aproximar-se dele com um sorriso. André deu passagem para ela entrar.

Paula tirou o cachecol e o apoiou na cadeira, sentando-se antes que ele fizesse o convite. A rotina da visita já lhe dizia o que fazer.

— Desta vez quer chá de hibisco? Ou prefere...

— Gengibre com limão.

— Certo, gengibre com limão. Vou reaquecer a água. É rápido.

De bom grado, ele chegou com as belas louças de chá na bandeja de prata que ela tanto apreciava. Um prato com biscoitos de leite e roscas açucaradas repousava ao lado do pires. O bule emanava uma fumaça envolvente, o calor de André estava ali. Ela inspirava o vapor de olhos fechados.

Serviu-a com carinho. Enquanto ele sacudia o saquinho de chá na xícara, sorria para ela, aguardando que abrisse a conversa.

— Foi difícil. Muito difícil esta semana. — Jogou os cabelos longos para trás, concentrada na infusão que ele fazia.

— O que houve?

— Muita angústia. E nada que eu possa fazer pra afastar isso de mim. Só mesmo estar com você neste apartamento me alivia. Eu tenho sorte. É difícil manter essa rotina de chegar até aqui, tão distante, toda semana, mas realmente preciso. Preciso muito. Ontem estive em Moscou. Aquela neve toda nessa época me dá depressão, mas não pude evitar. A gente vai aonde tem que estar. Retornei assim que pude, a muito custo, só pra te ver, André. Você recarrega minhas energias.

— Deve estar muito cansada. Como *jet lag*, né? — André riu-se, bebericando da outra xícara.

Ela sorriu também.

— Nem todas têm alguém, André. Vejo tanta tristeza, tanta solidão... por isso procuram outros, ficam com desconhecidos... não sabem o que buscar, estão perdidas. Me senti assim naquele dia que cheguei aqui e você não estava.

— Me perdoe por aquele dia... estava em São Paulo, já lhe expliquei...

— André, meu amado... não estou reclamando de nada. — Paula lhe pôs olhos embargados de saudades.

— Você é tudo, tudo pra mim, Paula. Sempre estarei aqui pra te ouvir. — Ele acariciou seu rosto tão de leve, e quase pôde encostar seus dedos nela.

Após o chá, sentaram-se no sofá e assistiram ao episódio final da série que acompanhavam. Depois, leram alguns capítulos de *Por quem os sinos dobram* — Paula lhe indicara havia muito tempo e ele ainda não tinha começado.

— Antes eu não entendia... — ela disse à certa altura.

— O quê?

— Essa sensação, no exato momento em que está lendo um livro, de ter alguém lendo junto atrás de você? Sim, aí, do seu lado direito, próximo à sua orelha... Não sente a presença?

André riu-se com o senso de humor de Paula.

— Pois eu sentia isso à beça — disse ela —, embora não desconfiasse quem poderia ser. Você nunca?

— Não! — Ele gargalhou.

— Poupou anos de pesadelos e terapia.

— Sério que você sentia?

Ela deu um peteleco brincalhão em seu olho, e André sentiu a pálpebra tremer, rindo-se com a brincadeira.

Alguns capítulos depois, André bocejou — havia tido um dia de trabalho estressante e cansativo, e ela entendeu que precisava ir.

— Não, não, minha querida, fique, pode ficar até amanhecer! Tome café comigo!

— Não posso, André, não depende de mim sempre. Estou perdendo minha força agora, terei que ir pra outro lugar, nem sei onde... que angústia ter que existir assim. — A fisionomia de sofrimento era visível em seu doce rosto. Essa expressão o esfaqueava em seu íntimo: sentia-se impotente e sofria por não conseguir aliviar a dor de Paula. — Queria poder tomar o chá. Bem, é agora... preciso ir — disse, enrolando o cachecol no pescoço.

A imagem de Paula se esvaía. Ele se levantou, mas Paula não conseguiu chegar à porta: ali mesmo desapareceu, pois a força foi intensa e a levou rápido.

André olhou para a mesa, a bandeja brilhante de prata e o chá intocado, já frio. Era sempre nesse momento que a ficha caía e uma tristeza o dominava, na espera pela próxima visita. Recolheu tudo e foi até a cozinha. Lavou a louça e foi se deitar.

BRILHO DO METAL

ESPERAVA O ÔNIBUS passar na rua. Suas observações nos dias anteriores lhe evidenciaram: o pequeno portão de ferro rangia. Muito. Ela ouviria sua entrada. Mas o coletivo seria a solução para o primeiro passo casa adentro.

Vinha chegando veloz. Fazia um estardalhaço danado na curva, quando os pneus passavam por cima dos trilhos de bonde expostos. O metal brilhante emergia entre alguns paralelepípedos mal cobertos por asfalto ruim. Nesse exato instante, abriu o portão de ferro do muro sujo sem que ela escutasse. "Que ideia perfeita", ele pensou. E, cauteloso, entrou pelo corredor lateral da casa, dirigindo-se aos fundos.

Ouviu a TV ligada no quarto. Passou pelo portal da área de serviço atrás da cozinha e imediatamente o cheiro do café o envolveu. Um gato mesclado olhou para o invasor e pulou o meio-muro ao lado do tanque. Com passos silenciosos, correu para a rua. Ele ignorou. Respirou fundo e se deliciou com o aroma. "Já tomou seu último café, velha inútil", pensava enquanto seus pés de pano adentravam pela cozinha.

Sua ex-namorada lhe dera o serviço todo: a velha sempre assistia TV no quarto, à tarde. A casa era pequena e, entrando pela cozinha, ele logo veria a sala, onde ficava a cômoda antiga "feita de peroba do campo", como a idosa gostava de dizer, elogiando o móvel. Os puxadores redondos de metal brilhante se destacavam. A madeira tinha ornamentos esculpidos nas gavetas, nas portas e nas laterais. "Que coisa de mau gosto." Ele achou que aquilo lembrava um caixão.

Aproximou-se da cômoda concentrado e olhou para a gaveta mais importante, "a terceira da direita", tinha dito a ex-namorada. "A gaveta é dura e faz barulho. Cuidado." "Faz barulho? Isso pouco me importa", pensou, com sorriso de desdém.

Primeiro tirou o arame que tinha no bolso e, em silêncio, alcançou o quarto. A pequena senhora estava sentada de costas para a porta, atenta ao programa na tela. Por dentro de seus curtos e volumosos cabelos cacheados passava o brilho da imagem da TV, mostrando a ele a silhueta frágil da moradora. Sobre a mesinha ao lado da cadeira, a xícara de café vazia e um prato com farelos de pão.

Ele se achegou, esticando o arame, enrolando as extremidades nas mãos.

Quando chegou nela, fez tudo muito rápido. A pobre anciã não teve tempo para o grito, não teve tempo de entender o que estava acontecendo. Foi apenas um engasgo e um tremor suave. Quando ele terminou, jogou-a para o lado. O corpo esbarrou na mesinha, derrubando a xícara e o prato em fragmentos no chão.

— Velha barulhenta — disse, retorcendo a boca e chutando o saco murcho de batatas que era aquele corpo desfalecido.

Guardou o arame e voltou à sala. Esfregou as mãos e andou calmamente até a cômoda. Abriu a terceira gaveta, e teve que sacudi-la com força para que ela deslizasse. Ela rangeu e era de fato difícil de abrir. "Móvel vagabundo", pensou. Enfim, conseguiu.

No fundo da gaveta, a caixa de que lhe falaram. Era grande e funda. Pegou-a entre as mãos e abriu-a: o cheiro de mofo do veludo pontuou o momento sublime: o brilho do metal; o ouro reluzia ali, sorrindo para ele em formatos distintos de anéis, pingentes, pulseiras, cordões, um lindíssimo medalhão oval. Sorrisos dourados de alegria.

Guardou tudo num saco de pano na mochila e recolocou a caixa no lugar. Tentou fechar a gaveta, mas ela emperrou de lado, e agora nem se abria, nem fechava. "O que importa?", pensou. Ao passar pela cozinha, pegou um copo americano e serviu-se de um pouco de café, que ainda estava quente.

— Fazia um bom café, ô velha. Bom café.

Quando saiu, o portão rangeu chorando. Ele o encostou, indiferente, com um sorriso no rosto. "Pode ranger à vontade agora, portão velho."

Sua alegria era suprema. Foi muito fácil. Já tinha até comprador, e já fazia seus planos. A mente viajava entre as possibilidades, antecipando toda a felicidade que começaria ali. Imerso nos felizes pensamentos, atravessou a rua. Não teve tempo para o grito, não teve tempo de entender o que estava acontecendo. O ônibus barulhento.

O impacto foi forte; seu corpo caído, uma massa retorcida. Sua cabeça restou imóvel, sangrando em cima do trilho que reluzia sob o sol do fim de tarde.

A RATOEIRA

DECO CORRIA ÀS gargalhadas ao lado de Marquinhos. A adrenalina havia valido a pena.

— Seus desgraçados, sumam daqui! Ainda chamo a polícia! Vocês vão ver! — O homem gritava da porta de sua mercearia, ao constatar as pichações recém-desenhadas em sua porta de aço. Abrira bem na hora em que eles estavam registrando sua manifestação urbana.

Ao chegarem no campinho, já era seguro parar para descansar.

— Pode bobear não, Deco — Marquinhos mexeu com ele. — Eu me safo, mas tu que já é maior... responde, hein?

— Eles têm que me pegar primeiro, né? Só uma arapuca muito boa pra me pegar, amigo! Eu sempre consigo fugir! — Deco replicou com deboche. Acabara de fazer dezoito, mas a autoconfiança da adolescência ainda pulsava dentro dele, agraciando-o com o amor ao risco e à irresponsabilidade.

Na sexta-feira, Marquinhos tinha prova na escola e não podia acompanhá-lo. Deco seguia no ônibus, mochila com spray, água, uns biscoitos, rumo à aventura em um outro bairro, pois queria registrar os rabiscos de sua sigla em novos territórios.

Saltou quase no ponto final, e já era noite. Desceu na rua movimentada e vislumbrou, em uma transversal, um prédio de cinco ou seis andares com aspecto de abandonado. Os últimos andares tinham manchas negras de fumaça nas paredes externas. "Vai ver foi um incêndio", Deco pensou enquanto se dirigia para lá. Se pichasse a partir do quarto andar, sua sigla já teria uma boa visibilidade da rua principal.

Aproximou-se do imóvel e ficou feliz ao ver um terreno baldio ao lado. Certificou-se de que não havia ninguém por perto e invadiu o mato, pulando o muro lateral para alcançar o pátio da edificação.

Ao saltar lá dentro, teve a certeza de que o prédio estava interditado havia muitos anos. Algumas faixas plásticas desbotadas e rasgadas fechavam os acessos dos fundos e das laterais. Ignorando as barreiras, ele avançou para o pequeno saguão onde havia ratos, capim e poeira — pelo jeito, faziam, havia muito, moradia naquele local. Encontrou o hall das escadas, ao lado do vão escuro do elevador.

Usando a lanterna de celular, subiu até o quarto andar. Depois iria aos demais — era o plano. Abriu a porta corta-fogo, que rangia e quase se soltou das dobradiças, tamanha era a ferrugem. Explorou o pavimento tirando proveito da luz do poste e da lua cheia que entrava pelas grandes janelas sem vidro nas salas comerciais abandonadas. Analisava qual abertura tinha acesso à parede externa que daria visibilidade para a rua principal.

Sentou-se no peitoril e segurou-se, na parte de cima, para ficar de pé ali. Esticou o braço e fez sua arte como pôde — não havia beiral ou saliência para apoiar-se e ir mais longe, mas havia ficado bom demais.

Orgulhoso, saltou de volta para a sala, são e salvo.

"Vou pro quinto andar", pensou, mas logo foi atraído para o final do corredor, onde havia uma sala ampla. O que chamou sua atenção foi a grande porta de metal na parede maior. "É uma porta de frigorífico? Ou um cofre!" Foi com esse pensamento que se dirigiu até lá.

A porta tinha uma maçaneta cromada grande, na vertical, mas não havia trava aparente ou cadeado, nem segredo. Ela estava aberta, constatou logo, pois exibia sua espessura — cerca de vinte centímetros — e uma brecha de dois centímetros de escuridão. A curiosidade de Deco fez sua mão encostar na maçaneta gelada de metal. Com dificuldade, puxou a porta pesada, que a muito custo se movimentava para ampliar a abertura.

O breu absoluto e o cheiro estranho. O que era? Jogou a luz da lanterna para o fundo. Via várias estantes. Guardavam o que ali? Dinheiro? Documentos secretos? De qualquer forma, as prateleiras estavam vazias, todas, menos uma ao final, no canto direito, onde julgou avistar uma caixa metálica e um pequeno pedaço de madeira.

Ao centro, havia uma mesa de tampo de madeira, grande, com uns dois metros. Passou o dedo na borda: não estava empoeirada, embora parecesse velha.

A RATOEIRA

61

Circundou a mesa, iluminou até o canto e se aproximou da última estante. Percebeu que o pedaço de madeira era uma ratoeira velha e enferrujada e, por incrível que parecesse, armada. Nem devia funcionar mais. Ao seu lado, a caixinha de metal. Já esticava a mão para alcançá-la quando o rangido seguido de um estrondo soou atrás dele.

— Ah, não! Tô aqui dentro! Não!

Ele correu até a porta, tateando-a, nervoso. Iluminou ali, na altura da metade do batente, mas não havia maçaneta do lado de dentro, nenhuma trava, nada. Golpeou a porta e se perguntou se alguém estava ali brincando com ele, mas seus golpes soavam fracos, engolidos e abafados pelo metal maciço. Tentou empurrar e, àquela altura, gritava e chorava em desespero.

Foram quase quinze minutos de bramidos. Seu celular estava com zero de sinal. Se era uma brincadeira, eles abririam, estavam só dando uma lição nele, ele pensava enquanto se sentava no chão acarpetado, jogando a lanterna em todos os cantos para ter certeza de que não havia ratos.

***

Depois de algum tempo no breu, Deco decidiu acender a lanterna novamente, por breves segundos. Pôde observar, no chão, bem abaixo da mesa, manchas escuras que o deixaram curioso. Aproximou-se e, ajoelhado embaixo do tampo, viu que pareciam respingos, como se algo houvesse escorrido da mesa e atingido o chão. O cheiro! Estava mais forte ali! O cheiro do carpete mofado com essa sujeira esquisita! Levantou-se e analisou o tampo de madeira com mais atenção. Havia várias marcas de furos, ou golpes, e a madeira também tinha manchas escurecidas de algum líquido que pudesse ter sido derramado ali. As lanhas pareciam ter sido feitas com alguma faca ou objeto pontudo. Ele as apalpou. Percebeu que uma delas, mais funda, depositava algo talvez viscoso no interior. Jogou a luz perto, para ter certeza. Sangue seco!

Deco deu um salto para trás, em pânico. Aquela sala era usada para matar animais? Ou... ou coisa pior? Desligou a lanterna do celular, coração aflito, e sua imaginação enveredou por caminhos tortuosos, alimentada pela escuridão e pelo aprisionamento.

O sentimento de urgência de sair dali aumentava dentro dele. Claro, uma sala dessas não teria janelas, nada que permitisse sua fuga. Havia só uma abertura pequena no teto, com veneziana, um pequeno duto de ar. Não adiantava, nem sua cabeça passava ali. Continuar gritando? Ninguém ouviria seus gritos naquela rua com pouco movimento, e à noite. Ele estava em pânico. Nunca o descobririam. Qual era o prazo mesmo? Qual era o prazo? Para ser considerado desaparecido? 24h? Não, alguém disse um dia que podia ser aviso imediato, mas os pais estavam acostumados com a ausência dele até a madrugada. De qualquer forma, Marquinhos ia dar falta dele no dia seguinte, pois marcaram um trampo de manhã. Sim, ia dar falta dele, e logo fariam buscas. Se Marquinhos visse o rabisco da sigla na parte externa do prédio, ia saber que ele estava ali. A polícia faria buscas e acharia a sala fechada, e então abririam a porta, e ele estaria livre.

Pensamento positivo atrai coisas boas. Pensamento positivo.

Queria parar de pensar besteiras. Que loucura, estava com medo, parecia um menino. Que bobagem. A escuridão era algo esquisito. E aquela sensação de silêncio absoluto, parecia como dois ovos dentro de seu ouvido.

O que faria para passar o tempo? E se desmontasse uma das estantes e tentasse usá-la para cavar um buraco na parede? Mas as estantes eram de aço fino, frágil. Não dariam uma ferramenta forte o suficiente para romper as fortes chapas metálicas que cobriam todas as paredes. E sequer tinha canivete ou algo que servisse de chave de fenda.

A bateria do celular já chegava a 40%. Procurou por alguma tomada ou fio elétrico. Não havia. Lembrou-se da caixinha metálica na última estante. Aproximou-se devagar. Abriu a pequena tranca e levantou a tampa.

Havia um controle digital lá dentro, com um único botão central. Deco achou aquilo estranho. O aparato parecia novo, coisa moderna, não combinava com os anos de abandono do prédio. Estava com bateria! O display mostrava a mensagem *stand by*.

Ele apertou o botão e logo um cronômetro regressivo entrou no display, contabilizando três horas. O que poderia ser? Um alarme de emergência para uma sala-cofre? Mas como estaria funcionando até hoje?

***

O celular estava a 8%. Jogou a lanterna de novo na porta enquanto comia seu biscoito maisena e viu que, na parte superior, havia um dispositivo hidráulico de trancamento. Não foi ninguém que fechou. A porta se fechou sozinha com a força que fizera para abri-la, pois ela pegou embalo. Foi isso! Não sabia se ficava mais tranquilo ou mais aflito; afinal, se fosse brincadeira de alguém, havia a chance de a pessoa abrir a qualquer momento. Mas se não havia mesmo ninguém, sua situação era grave, muito grave. Mas havia o cronômetro. Foi olhar. Três minutos. Será que soaria algum alarme? Bebeu água e guardou as coisas na mochila.

Zero segundos.

Nada aconteceu.

***

Olhou para o celular. Bateria 1%. Em seguida, se apagou.

Uma nova crise subia pelo seu rosto. Ele se chamou de idiota. Como foi entrar num lugar assim, sozinho? Era melhor ter esperado outro dia, ter vindo com Marquinhos. Idiota. Idiota! E o que era aquela mesa?! Seu rosto estava molhado de lágrimas.

Sentiu vontade de evacuar. Chateado por ter que aguentar o cheiro de fezes dentro do local fechado, pegou uns guardanapos na mochila e foi até o canto se agachar.

Ouviu o barulho e, em sobressalto, desequilibrou-se e apoiou o joelho no chão, cuidando para limpar-se rápido. Era o barulho metálico da tranca, o rangido lerdo e paciente da pesada porta. Enfim, alguma iluminação entrava e feria seus olhos.

— Ei, tô preso aqui! — ele gritou, arrumando a calça, desengonçado. — Oi! Oi! Que bom, que bom! Tô preso aqui há horas! Que bom que alguém apareceu!

— Ora, ora... O que temos?

Com dificuldade conseguiu enxergar, lutando contra a luz da lanterna nos seus olhos. O homem à porta estava em silhueta, mas, gradualmente, alguma luminosidade vinda de fora da sala revelava nele uma bata que já havia sido branca, imunda de manchas de sangue em tons róseos, cinzas e vermelhos. Ele observava Deco com sorriso de satisfação. Aos poucos, apareceram atrás dele dez ou doze pessoas curiosas e felizes, aglomerando-se na entrada, esticando o pescoço para vê-lo. Eles usavam uma lanterna presa com elástico na cabeça. Havia algo estranho no ar, um clima, uma alegria sinistra estampada em olhos ávidos. Todos tinham algum instrumento em sua mão, ele percebeu quando circundaram a mesa. Longas facas afiadas, facões, cutelos brilhantes. Mas não foi bem isso que o terrificou. Foi perceber suas vestes padronizadas, túnicas pretas, estolas prateadas com vermelho, decoradas com pinturas estranhas que poderiam ser caveiras, árvores secas, rostos gritando. Um calafrio de terror lhe percorreu as vértebras. O homem de avental branco, com um gesto quase teatral, retirou-se da sala e movia a pesada porta para fechá-la. Imerso num último feixe da luz que vinha de fora, colocou o indicador sobre a boca, olhou para Deco e, com sorriso irônico e arquear das sobrancelhas, pediu-lhe silêncio. Enfim, o estrondo da porta ressoou, como um selo do destino.

Agora, luzes fortes das lanternas invadiram os olhos de Deco, dando a impressão de que todos ali dentro pareciam vultos. Sob seus gritos de desespero, mãos que o tocavam, o apertavam, o conduziam. Deitaram-no. Amarraram-no. Agora entendia, sem acreditar, sentindo-se irremediavelmente preso e sem saída. O barulho... o barulho da primeira estocada da lâmina retumbando na madeira...

Seu pesadelo começava.

***

Abafada pelo ruído dos gritos de Deco sobre a mesa, soou a ratoeira na estante: capturou um camundongo azarado que passeava por ali.

MEU MEDALHÃO

"Eu vi que ela apareceu na janela e me olhou. Deve ter visto meu cordão no pescoço e ficou com medo. Ou inveja. Eles têm inveja do poder que eu tenho. Melhor eu voltar aqui de tarde, que o barbudo sempre me atende e ele está só de tarde."

"A campainha soou lá dentro, eu escutei daqui."

"Mais um pouquinho, de repente aparece alguém."

"Esse sol está quente, queria água também, seria bom se me oferecessem água."

— Oi, hoje não tenho nada não, moço — diz a mulher na janela. — Hoje nem comprei pão.

"Ela olhou pro meu colar! Olhou, sim, pro meu pescoço."

— A senhora tem como me dar pelo menos um copo d'água, por favor, dona?

"Ela nem respondeu, só desapareceu na janela. Espero? Será que ela foi pegar a água? Vou sentar aqui um pouquinho na calçada. Vem vindo o carteiro ali... A ele, eles sempre atendem."

"Já sei que vai ficar olhando pro meu medalhão. Ele sempre faz isso, olha como se quisesse arrancar do meu pescoço. Eu sei o que ele quer. Quer meu poder. Mas não vai ter. Vou segurar o cordão na minha mão. Ele percebeu e está disfarçando. Fingiu que não me viu, puro fingimento! Eu sei o que você quer, desgraçado."

— Toma, moço — disse a mulher, passando um copo de água gelada por cima do portão. Ele só via seu braço, e o copo com água gelada embaçado pelas gotículas na superfície.

Pegou o copo com cuidado e o levou à boca, fechando os olhos ao dar goles grandes de prazer.

"Pode estar envenenada, essa água... mas está boa... nem se percebe o gosto amargo, mas está, sim, envenenada. Nem adianta; com meu poder, o veneno não me mata."

Devolveu o copo, agradecendo com um "Obrigado, senhora, Deus lhe pague". E o braço dela desapareceu com o copo por cima do portão.

"Eu queria mais água, mas ela não quis me dar, e também é bom eu não exagerar no veneno. Veneno não me mata, mas pode me dar diarreia."

Ele continuou andando pelas ruas, apertando o medalhão oval em sua mão.

A noite foi fria. A outra noite também. Aos sábados e domingos, preferia ir para a zona sul. Com os restaurantes cheios, sempre tinha muita coisa para catar, muita sobra para comer. E, nos dias de semana, voltava aos bairros mais pacatos, cada dia em um trajeto diferente, que só repetia a cada dez dias, ou duas semanas.

Ajeitava-se sempre do mesmo jeito, com suas coisinhas levadas na mochila maltrapilha. E tudo de mais importante não eram suas moedas, nem os anéis, pingentes, pulseiras, cordões de ouro. Não era o celular quebrado que achara nos trilhos em meio a uma confusão, nem seu antigo carrinho de compras enferrujado. Era seu medalhão oval, que aconchegava no peito com ternura e confiança, a fim de obter dele sua máxima proteção.

Chegou de novo à mesma casa. O mesmo argumento. O mesmo pedido. A mesma deliciosa água.

Quando atravessou a rua, viu na janela a mulher espreitando. Pôs a mão sobre o medalhão, atravessou a rua do cruzamento sem olhar. Nem ouviu a buzina que gritava.

O caminhão passou em cima dele, e só depois freou totalmente. Dentro de um ônibus, rostos curiosos procuravam a vítima retorcida no chão.

Ele não soltou o medalhão. Do asfalto, só via a imagem turva da mulher à janela, que levara as mãos à boca, estarrecida.

"Nem adianta querer o medalhão. O medalhão me protege. Pode me invejar. Ele nunca será seu."

O MAUSOLÉU DA FAMÍLIA STEINER

ERA O MAIOR cemitério do estado, e por isso se orgulhava tanto de suas habilidades. Aquele era seu território. Saulo não contava nada a seus amigos, precavido que era, para evitar a concorrência, ainda que soubesse que nenhum deles tinha a habilidade que o tornava exímio na arte de roubar túmulos. Conhecedor da engenharia das faixas, tábuas e alavancas, fazia tudo em silêncio, sozinho, e assim, não precisava dividir.

Invadia o cemitério sempre na madrugada, perto da meia-noite, quando os vigias já estavam menos atentos e cochilavam em suas cadeiras de estofado rasgado, e antes da ronda que — já sabia — eles faziam sempre às três horas. O trecho do muro onde pulava era ponto cego de câmeras — já havia estudado e analisado. A experiência na firma de instalação de portões e sistemas de segurança lhe deu o conhecimento que precisava para ser impecável na atividade que agora exercia.

Todas as ferramentas ficavam escondidas em locais estratégicos dentro do próprio cemitério, coisa que fazia durante o dia, em visitas planejadas. Saulo conhecia mais do que ninguém cada alameda, cada rua. Alguns jazigos e principalmente mausoléus eram seus amigos, posições táticas para fuga, quando precisava esconder-se de inspeção inesperada. Se tinha algum jazigo planejado para o ataque — ele escolhia os que favoreciam o trabalho de um homem só —, deixava de antemão as ferramentas que precisaria no ponto operacional mais adequado.

O cemitério era uma extensão de sua casa. Sabia de cada árvore, das muretas, das tubulações e torneiras que pingavam e precisavam ser consertadas, e cada falha no calçamento. Não lhe escapavam os detalhes. Havia também o cãozinho caramelo, que parecia adorá-lo. Saulo gostava de cães, mas a esse, em específico, não dava muita bola, para que não viesse atrás dele em suas operações táticas. Ao contrário, dava-lhe safanões, assustava-o, para ver se o cão deixava de amá-lo.

Ele sabia apreciar a beleza da arquitetura lúgubre das construções. Sim, havia as coisas que sempre o incomodaram... fotos ovais macabras de solenes senhores de terno preto, ou de notáveis madames com colares de pérola. Havia os brinquedos foscos e quebrados que selavam dor — eram estes que mais o perturbavam. Mas havia a arte! Anjos, figuras humanas e animalescas, florais, arabescos, entidades religiosas ou mitológicas — a arte que vivia tão próxima à morte o fascinava, ainda mais a que ornamentava os mausoléus. Um dos que mais apreciava era o da família Steiner, nome que, por sinal, decidira colocar em seu primeiro filho, assim que o pudesse ter.

O mausoléu da família Steiner ficava na esquina da alameda G com a rua 7. Sem dúvida, o maior, mais robusto e imponente por ali. Um dos poucos em que ainda não entrara, não porque não tivera vontade, mas porque não valia o risco. Saulo era calculista. Ali não havia acontecido nenhum enterro nos últimos cinco anos — acompanhava a agenda do cemitério à risca pelo site — e a construção contava com alarme interno. Não descobrira onde ficava a central, pois as fortes portas de ferro com vidro escuro impediam a análise do saguão. Já tentara observar por baixo, pois elas tinham um considerável espaço do chão, e tentara fotografar com celular, mas o ângulo não favorecia.

A vontade de conhecer tamanha beleza era grande. Imaginava como deveria ser lindo — com certeza, de quinze a vinte gavetas cabiam em seu interior. Tinha curiosidade de vasculhar seus habitantes, conversar com o passado e aceitar a oferta de suas joias e dentes de ouro — o que receberia de bom grado.

Naquele domingo, o plano era acabar de roubar um jazigo próximo à alameda F, no qual já havia começado o trabalho de remover parte da argamassa que selava as peças de granito. Os instrumentos necessários para o trabalho daquela noite já estavam no ponto operacional mais próximo.

Chegara às onze e meia da noite e trabalhava havia quase trinta minutos no jazigo. Estava prestes a conseguir deslocar o tampo quando percebeu um farfalhar em sua calça. Sacudiu o pé, bateu o sapato no chão. Retomou o trabalho, sentindo o cheiro das flores molhadas de sereno, misturado aos odores que acompanhavam seu ofício. Achava ter tido a sorte de não ser acompanhado

O MAUSOLÉU DA FAMÍLIA STEINER

pelo cão caramelo que costumava vir encontrar-se com ele naquela área, o que sempre o incomodava, pois poderia fazer algum ruído ou movimento que atrapalhasse a faina. Não sabia que talvez o cão pudesse ter sido útil, como justificativa para o ruído que ele próprio causou ao deixar cair, inexplicavelmente, o pé de cabra no chão.

O som ecoou por todas as alamedas.

Foi o tempo de abaixar-se para pegar a vil ferramenta e avistou as luzes correndo pela rua interna do cemitério, em sua direção. Eram os vigias, cujas lanternas vislumbraram *o homem invasor, com algo metálico e comprido na mão, talvez uma arma, é melhor atirar.* Dois estampidos levaram Saulo a agachar-se rápido, fugindo hábil entre túmulos e jazigos, como ninguém conseguiria fugir. Usava as mãos para apoiar-se de quatro e percorria em zigue-zague o labirinto funesto, como uma ratazana.

Percebeu que os dois vigias escolheram persegui-lo pela rota errada. Saulo prosseguia em sua fuga e, ao cruzar a alameda principal, chamou-lhe atenção o mausoléu da família Steiner, pois sua pesada porta de ferro estava acessível. Compreendeu num instante que ali seria o melhor local para esconder-se, ao aproximar-se e perceber que a central de alarme estava com LEDS apagados.

Observando as gavetas que não poderiam ser exploradas naquele momento, vislumbrou uma ainda vazia e planejava esconder-se ali por duas horas ou mais, quando percebeu que havia uma escadaria no final do pequeno saguão. Hesitou entre atender à sua curiosidade ou guardar-se na gaveta, mas cedeu ao apelo do seu instinto e foi até a descida de pedra imersa na escuridão.

Os degraus eram altos, e precisava descê-los com cuidado. Pôde observar que a escada era lapidada em rocha, muito lisa e bem-acabada, assim como o teto e as paredes do túnel da descida. Alcançou o fundo após cinco minutos. Chegou a um corredor longo, do qual não podia perceber o fim. Sentia o ar denso e úmido, um cheiro de barro misturado à umidade, e ao fundo o odor característico dos cemitérios, carregado de moléculas dos que existiram, o lembrete de que a morte estava presente ali. O corredor tinha cerca de um metro e meio de largura e, diferente do vão das escadas, era revestido de tijolos antigos e com teto em arco. Ávido por conhecer alguma cripta ou outros saguões com surpresas inesperadas, Saulo pôs-se a correr o trajeto, rente à parede.

Inferiu que o corredor percorria várias tumbas sob o cemitério e cogitou se o mausoléu seria uma fachada para algum clube secreto, ou atividade criminosa. Talvez o corredor levasse a um salão ou fábrica... ou a um centro de pesquisas proibidas. Mas não, não podia ser! Nunca vira nenhuma movimentação estranha no cemitério que justificasse tal uso; aquele era seu território e conhecia-o bem.

Foram quase vinte minutos de percurso. O corredor fazia curvas para a direita e esquerda, depois tinha longos passos à frente, para conduzir a mais uma virada, e outra. Enfim, a última curva e alcançou o final. Sentia um vento frio ali. Uma porta de madeira impassível o convidava a passar, entreaberta.

O local tinha um frescor que emanava das paredes. O silêncio absoluto foi interrompido por uma conversa distante, entrecortada por risadas. Andou devagar, a passos cautelosos, e alcançou o fundo do hall para ver o salão. Viu as duas bases ornamentadas de granito que sustentavam um grande tampo de mesa e, em volta dela, várias pessoas sentadas.

Pessoas luminosas, foi a primeira impressão que teve.

— Ora, mais um chega à nossa confraternização. Vamos, aproxime-se.

Não soube de quem vinha o apelo, pois havia centenas de pessoas ali, até onde conseguia ver... várias em pé, e onze sentadas à mesa, todas conversando ao mesmo tempo, em grupos. Ainda estava confuso, sem saber se dava meia-volta e fugia, ou se entrava de vez. Enfim, aproximou-se e ficou em uma das cadeiras, obedecendo ao gesto convidativo de um barbudo com camisa social rasgada no ombro.

— Sou Clayton. E você, meu amigo?

— Saulo.

— Bem, Saulo, bem se vê que não é como nós. — Deu uma grave gargalhada, olhando para os demais para evocar a concordância deles. — Como nos descobriu aqui?

Saulo sentiu-se estranhamente à vontade, mas hesitou na resposta. Não era nada educado entrar em um lugar assim, de surpresa, embora eles parecessem aprovar sua presença ali.

— Foi puro acaso. Fui percorrendo o corredor, depois ouvi vozes... fiquei curioso.

Saulo percebeu que, sob o rasgão da camisa, Clayton tinha um grande talho no ombro. Achou estranho que não estivesse

O MAUSOLÉU DA FAMÍLIA STEINER

sangrando, pois parecia em carne viva. Então, reparou nos demais. Pareciam tranquilos, uns lhe retribuíam olhares amistosos, e percebeu que vários deles tinham feridas aparentes.

— E o que aconteceu com você? — disse uma mulher de cabelos castanhos cacheados, vestindo um pijama de renda, com o crânio afundado na parte direita, onde o olho se desalinhara da órbita.

— Estou fugindo dos vigias — ele confessou.

Clayton deu uma gargalhada e puxou um rapaz magrelo pelo braço, mostrando-o a Saulo.

— Este aqui é dos seus... — Ele exibia os dentes risonhos. — ...só que se deu mal e veio ficar conosco. — Virou o rapaz de costas e mostrou o rombo na nuca, e percebia-se uma incisão profunda que ia até o topo da cabeça. — Enxadada. Deve ter doído!

Os demais continuavam conversando. Um deles, chamado Domenico, de roupas intactas — um blazer azul e sapatos lustrados —, chegou perto de Clayton e Saulo. Apoiou seu pé na cadeira, cotovelo ao joelho, e abaixou-se para falar com ele.

— Você é que tipo de bandido?

— E o que aconteceu com você? — interferiu outra vez a mulher de crânio afundado, que o encarava com curiosidade crescente.

— Não ligue pra ela — Clayton orientou Saulo. — Perdeu massa encefálica... sabe, ficou desmiolada, se me entende... ou talvez já fosse, né? Fica repetindo, e repetindo...

Domenico ficou de pé e abotoou o blazer — ainda encarava Saulo, aguardando a resposta.

— Sou do tipo ladrão de túmulos... um profanador — falou, quase arrependido do que fazia, diante daquele grupo singular.

— Está aí! Já sabemos quem roubou meu colar, Giselda. — Uma idosa riu-se ao fundo, e a outra esticou o pescoço para ver a cara de Saulo, ao longe, sacudindo a cabeça.

— E o que aconteceu com você? — O olho torto do crânio afundado insistia.

Saulo se intrigara com a mulher. Ela parecia precisar de sua explicação, tamanha curiosidade demonstrara. Achou que Clayton estava sendo rude com ela quando a puxou pelo braço, conduzindo-a para a outra parte da mesa.

— Deixe, sr. Clayton. Deixe — Saulo disse, e então olhou para a mulher. — O que quer saber exatamente?

— O que aconteceu com você! — ela replicou, com sua voz gélida e frágil.

— Bem, eu estava fazendo meu trabalho e, por azar, meu pé de cabra escapuliu da minha mão e...

— Pé de cabra? Você usa pé de cabra? — um homem de jaleco branco, com uma grande cicatriz à altura do peito, perguntou, rindo.

— E qual o problema se ele usa pé de cabra? — interrompeu Clayton. — Deixemos ele falar, ora! — Voltou seu olhar para Saulo e disse, baixinho: — Não ligue pra esses tolos. Vamos, continue o que tem a dizer, já que começou.

— Bem... o pé de cabra escapuliu e se estatelou no chão, fazendo um barulho desgraçado. Foi isso. Então os vigilantes me viram com suas lanternas e correram atrás de mim. Mas, como sou experiente, fugi rápido e os despistei. Encontrei a porta do mausoléu acessível e pensei: "É aqui mesmo que vou me esconder". Aí, quando vi a escada, não resisti e decidi explorar. Assim cheguei aqui.

— Os vigias têm armas agora? — Domenico perguntou. — Juro, se é que posso fazer isso, que escutei uns tiros ecoarem aqui.

— Pode ser... o som pode ter ecoado. Acho que deram dois tiros — Saulo completou, e observou que a mulher o encarava, aguardando mais detalhes. Compadecido com a dor que emanava em seus olhos bizarros, teve coragem de perguntar: — E a senhora? O que lhe aconteceu?

— Ah, foram marteladas de meu marido. Horrível, né, meu filho? E eu era tão bonita!

Clayton, que acompanhava a conversa, agora estava sério e falou de si:

— Comigo... acidente de carro. O resgate não chegou a tempo. Sabe, o que mais me corrói não é ter morrido. — Clayton encarou Saulo. — É ter deixado meus pequeninos, minha Laurinha e o Pedrinho. Nenhuma criança deveria perder o pai, nenhuma. — Saulo percebeu as lágrimas luminosas que evaporavam de seus olhos.

— Eu não entendo... alguns estão com roupas intactas...

— Chegamos aqui da forma que morremos, meu prezado Saulo, como se fosse um retrato instantâneo do nosso momento especial de passagem — explicou Domenico. — Meu problema foi ataque cardíaco, coisa fulminante. Dei sorte, cheguei arrumadinho. Alguns aqui tiveram doenças silenciosas, outros sofreram violência... Há muita tristeza aqui, se procurar saber.

— Continue. — A mulher interrompeu Domenico para pedir a Saulo que concluísse sua explicação. — O que aconteceu com você?

— Não entendo, minha senhora, já contei tudo. O que mais quer saber de mim?

Clayton depositou um olhar sério sobre Saulo.

— Não entendeu ainda, meu rapaz? Bem lhe disse: não é como nós. Como foi parar no corpo desse rato?

Aquela situação bizarra havia deixado Saulo em um estado diferente de consciência. Só então atentava para isto: estava no corpo de um roedor! Era verdade! Como não percebera antes?

— O que aconteceu? — disse, passando a pata nos pelos cinza em sua barriga. — O que aconteceu comigo?

— É o que estou lhe perguntando, meu rapaz — disse a mulher de pijama, sacudindo a cabeça, com olhos fixos de pena dele.

— Saulo... — Clayton se abaixou para falar: — Sua alma está presa aí nesse corpo. Terá que esperar morrer de novo pra se juntar a nós por algum tempo, se a família tiver jazigo aqui neste cemitério, ou quiçá vá subir direto!

— Subir direto, acho difícil — Domenico apressou-se em julgar.

Clayton continuou:

— Agora, não me pergunte como vai estar, se com sua forma humana, ou... lamento dizer... como rato.

— Mas eu não morri! O que aconteceu? — Saulo falou alto, exasperado.

Com o grito, todos pararam suas conversas e o olharam, em silêncio, com ar de comiseração. Saulo pulou da cadeira e saiu dali em disparada, chorando, se é que ratos podem chorar. Percorreu todo o corredor de volta, rente à parede, já conhecedor do caminho. Galgou os degraus aos saltos, passou pela grande abertura na parte inferior da porta de ferro do mausoléu e, ao chegar lá fora, sentiu o cheiro de flores mortas e da brisa da madrugada. Correu até a alameda F e logo viu a aglomeração ao lado do jazigo. Três vigias, dois policiais, dois outros homens com prancheta... Saulo aproximou-se, silencioso e estarrecido. Seu corpo estava ali, no chão, abdômen estourado e roupa embebida em sangue, pé de cabra solto nos dedos imóveis da mão.

O cãozinho caramelo, deitado ao lado dele.

A CAMPANHA

O CONTATO APARECEU em primeiro lugar na lista, foi o que constatou quando teve a curiosidade de saber quem havia ligado.

"Mas como? Eu não adicionei!"

Fernando não conseguia ler o nome, pois estava escrito com caracteres estranhos. A foto — um homem com uns sessenta anos — era atípica, estranha, ameaçadora: olhos fundos que o inquiriam de forma macabra, um dente de ouro entre os brancos, numa boca com sorriso torto incomum para fotos de perfil. O número, uma sequência extensa de caracteres misturados com letras, coisa que ele nem imaginou ser possível. Provavelmente com algum código de país embutido? Algum cliente internacional do escritório da siderúrgica? Ainda assim, não era um formato dentro dos padrões.

Apagou o número. Não, não era um contato trivial.

A ligação havia sido uma experiência incomum: atendeu, mas a pessoa do outro lado não falava nada, embora ele conseguisse ouvir sua respiração e, talvez — agora ele conjecturava —, alguns gemidos, quiçá rosnados.

Ah! Lembrou-se! Ele se inscrevera em um link para receber lançamentos e promoções de uma editora. Atribuiu aquilo a alguma ação de marketing, já que era consumidor de literatura e filmes de horror, fazia parte de grupos e fóruns sobre o tema, e, quem sabe, porque os celulares de hoje sabem tudo.

"É, foram criativos. Vamos ver no que vai dar."

Foi às três da manhã que ouviu o celular receber uma mensagem. Estranhou, pois costumava desligar wi-fi, dados e tirar o volume antes de dormir. Soltando impropérios, saiu de seu cobertor quente e fechou a janela por onde entrava uma incômoda brisa fria, antes de aproximar-se da bancada onde o celular estava conectado à tomada. Estranhou que a tela estivesse acesa.

— Puta que pariu! — Arremessou o celular na bancada de volta, depois de pegá-lo e ver a foto daquele sujeito ocupando toda a tela. — Merda de campanha de mau gosto, porra, de madrugada!

Refeito, pegou o celular e tentou voltar à tela inicial, mas parecia estar travado. A foto o incomodava. O canto da boca do homem o incomodava. O olhar dele o incomodava. Forçou o desligamento do celular, esperou quinze segundos, ligou-o de novo.

Suspirou, envergonhado consigo mesmo pelo alívio que sentira quando o celular reiniciou. Mas à noite — ele sabia — tudo fica diferente, e nossos sentidos, alterados. Certificou-se de que wi-fi e dados estavam desligados. Teve a curiosidade, no entanto, de explorar de novo a lista de contatos para ver se estava normal.

Não estava normal. O homem com número estranho era o primeiro da lista.

Fernando apagou o contato, sentindo-se contrariado porque aquilo o inquietava muito. Não queria admitir que era medo, então atribuiu a reação ao interstício de seu sono. Mas sua racionalidade estava sendo posta à prova.

No dia seguinte, deixou o celular desconectado de qualquer rede. Não iria morrer se não entrasse nas redes sociais, nem no e-mail, ou WhatsApp. Um dia de descanso, todos precisam disso. Ia poder pensar em outras coisas, olhar para outras coisas.

Pegou-se pensando que havia muito tempo não parava para viajar. Sim, dez ou quinze dias de férias seriam uma boa coisa. Ele poderia ir até o Chile. Apenas pensou isso, e o pensamento de uma pessoa é inviolável e secreto, a privacidade mais pura e segura que alguém pode ter, tesouro guardado e inalcançável. Era o que ele achava, até pegar o celular para fazer uma busca rápida e ver que na tela inicial já estava uma pesquisa de pacotes turísticos para o Chile.

Não era possível.

Na hora do almoço, o celular repousou na gaveta da mesa do trabalho. Fernando saiu para comer algo rápido e passar na livraria. Evitou a seção de suspense e terror: já lhe bastava seu dia tenso. Um banner anunciava algum lançamento; ele espreitou com visão lateral, e mal pôde ver os detalhes, pois fugiu os olhos da figura do autor ali estampada, que lembrava o homem do celular. "Estou enlouquecendo." Quis experimentar algum livro diferente de suas leituras habituais, então parou na prateleira com seleção especial das obras de Hemingway. Paula, sua amiga, já lhe havia recomendado várias vezes. Chegou à fila do caixa com dois livros embaixo do braço, pagou-os com dinheiro. Sua consciência varria seus pensamentos de medo. Esquivou-se de olhar para o banner. Que lançamento seria aquele? Não, não ia olhar. Percebeu-se incomodado de novo por dar ouvidos a seus medos. Por tomar cuidados inexplicáveis para evitar qualquer informação do que estivesse fazendo.

"Mas... por quê? Isso é loucura!"

— CPF pra nota fiscal, senhor?

— Ah, não tenho aqui. Só o cupom fiscal mesmo.

Sentiu-se tranquilo, anônimo, isso era o que importava. Colocou o saco com os livros em sua mochila e andou apressado, sem olhar para trás. Seu consumismo literário havia tomado mais tempo do que pretendia.

Quando retornou à sua estação de trabalho, pôde ouvir o celular vibrando dentro da gaveta. Parado, ainda sem sentar-se, pôs a mochila sobre a mesa e tomou coragem para abrir.

Uma ligação. Ele.

Hesitou por alguns instantes, mas atendeu com o desagrado de ter que encostar aquela foto na orelha.

— Alô — ressoou Fernando, firme, para não transparecer sua fragilidade.

— Olá.

Era uma voz comum, masculina, seca. Aquele "olá" fez o coração tremer de paúra por baixo dos botões de sua camisa.

Fernando respirou fundo, precisava passar naturalidade.

— Pois não? Quem é?

— Será você um acusado?

Alguns segundos se passaram, um intervalo no diálogo. Da parte de Fernando, porque ele agora suava, sem saber se desligava, ou se esperava para saber mais.

— Oi? Não entendi. Quer falar com quem? — Fernando tomou coragem para prosseguir a conversa. Sentou-se na cadeira.

O telefone desligou.

Fernando removeu mais uma vez o número que se gravava sozinho nos contatos. Suas mãos tremiam. Ao fim do expediente, passou em uma loja de celular e adquiriu um chip e celular novos. Deu seu celular em troca. Cancelou a linha. Recuperou os contatos e mandou mensagem a todos, avisando de seu novo número.

Sentia-se leve, voltou para casa mais tranquilo.

Fez uma salada rápida e sentou-se na poltrona para dar início a seu Hemingway. Absorto na leitura, não percebeu que já passava das onze. Largou o livro sobre a mesa, espreguiçou-se e foi se deitar. Como era seu hábito, desligou os dados móveis — o wi-fi sequer havia configurado ainda. Colocou o celular novo para carregar e foi dormir.

Era sábado pela manhã. Enquanto preparava seu *espresso*, ligou a TV para ver as notícias. Sobressaltou-se, e o café se derramou da xícara, queimando sua mão.

— Ahr!

Apoiando a xícara na bancada, pegou um pano para se secar, sem descolar os olhos da tela. O homem estava na TV. A mesma foto. Uma imagem estática. Aquele homem, o sorriso, os olhos funestos.

Correndo, ele pegou o controle remoto, mas as pilhas pareciam estar fracas. Foi até o aparelho, com certa repulsa, sem olhar para a tela, e tateou pelo botão *power*. Não achava botão nenhum. Foi até o cabo de energia e o puxou. Resolvido. Pronto.

Sentou-se à mesa, transtornado. Conseguiu pôr um pouco de razão em sua cabeça: conjecturando sobre as possibilidades, concluiu que algum transtornado mental o estivesse perseguindo. Isso, sim, era motivo de medo real.

A pessoa era inteligente e sabia usar bem a tecnologia. Fazia sentido.

Decidiu procurar a polícia. Mas hesitava. Refletia se conseguiria fazer qualquer boletim de ocorrência, ou seria humilhado e considerado um maluco. Ainda por cima, desfizera-se do celular e número anterior. Não havia como provar nada.

Então lembrou-se da viagem ao Chile.

Como o estranho poderia saber que pensara na viagem ao Chile?

O pavor tomou conta dele. Aquele detalhe sórdido pôs sua teoria racional ao chão. Isso saiu da seara da realidade. Era algo além de sua compreensão.

Precisou tomar coragem para pegar seu celular. Uma ojeriza começava a formar-se. Precisava conversar com alguém, mas teria que ser pessoalmente. Paula! Paula era sensata, inteligente, manjava de tecnologia, era amigona. Precisava ligar para ela e marcar.

Andou em círculos, tentando acalmar-se. Estava procrastinando.

A CAMPANHA

79

O celular jazia com a tela apagada. Ele temia ligá-lo e constatar que a imagem do homem estivesse lá.

"Mas é um telefone novo, chip novo."

O celular parecia normal.

"Vamos lá, Paula, atende."

— Alô?

— Paulinha, é o Fernando! Tudo bom?

— Fernando? Ah, acabei de responder! Ué, tá com outro número?

— Ah, mudei de número, mandei mensagem ontem avisando. Atualiza aí.

— Nossa, que coisa estranha.

— O quê?

— Você então deve ter mandado uma outra mensagem antes e só chegou hoje... do seu número antigo... chegou uma mensagem hoje aqui pra mim, antes de você ligar.

— O quê?

— Ué, Fernando, chegou uma mensagem pra mim agora há pouco, do seu número... quer dizer, do seu número antigo, dizendo que queria conversar urgente comigo e que estava vindo aqui. Você tá brincando comigo, né? Ah, quase caí nessa! — Ela gargalhou.

— Não, espera, espera, Paula, como assim? Primeira coisa, não atende ninguém! Se tocar a campainha aí, não atende!

— Oi? Para, Fernando, tá me assustando!

— Paula, é sério. Tem uma pessoa me perseguindo, e até me desfiz do celular. Quem mandou a mensagem pra você aí não fui eu, não! Como esse filho da puta conseguiu usar o celular que deixei na loja? Porra, a linha foi cancelada!

— Fernando, caramba, você tá falando sério? É pra chamar a polícia?

— Não, calma. É uma situação complicada, ainda tô tentando entender. Não abre a porta pra ninguém. Espera aí que tô indo. Se certifica de que sou eu pra abrir a porta, tá bem? Avisa o porteiro também. Tô indo de carro.

— Ai, Fernando! O que você arrumou? Tô com medo!

— Calma, Paula. Tô indo aí agora.

Nunca se vestiu tão rápido para sair. A urgência subia por dentro dele, atingindo-lhe a garganta, pressionando seu pomo de adão. Pegou uma faca na cozinha — estava meio sem fio, pois havia tempos o amolador de facas não passava nas redondezas. Pegou também, para garantir, um garfo destrinchador e mais outro instrumento pontiagudo — era o que tinha. Jogou tudo na mochila e desceu à garagem. Dirigiu como louco, passando por semáforos vermelhos. Um engarrafamento se formava na avenida principal. Ele se agitava no banco do carro. Sentia suas orelhas se mexendo involuntariamente, resquícios da evolução, o ouvido procurando ruídos para melhor proteger-se. Com aquela sensação incômoda, começou a ter pensamentos perturbadores quando olhou o retrovisor. Imaginava o homem, o homem ali, sentado no banco de trás.

Mas não havia nada. Ainda assim, virou seu pescoço para conferir.

O celular tocou.

Parado no engarrafamento, pegou o aparelho, esperando que fosse Paula.

— Ahr! — gritou com repugnância, jogando o celular no banco, ao ver a imagem do homem na tela. — Maldito! Como conseguiu meu número?

"Paula, Paula, segura aí! Já vou chegar!", ele pensava agoniado.

"Merda! Merda!"

O celular continuava tocando. Fernando olhava de soslaio, ainda em dúvida se deveria atendê-lo ou deixar tocar até que desistisse. Ele desistiria?

O celular parou de tocar.

O engarrafamento se adensava. Um trajeto que levaria quinze minutos, num trânsito daqueles podia levar angustiantes quarenta, cinquenta ou mais. Os cruzamentos estavam bloqueados, ninguém mais respeitava o sinal aberto ou fechado, na ânsia de andar mais um metro no asfalto. Fernando bateu as mãos no volante, tomado de raiva e desespero, apoiando a testa no nó dos dedos. O nervosismo lhe trouxe novo aperto na garganta, e lágrimas se formavam em seus olhos tensos.

O celular, outra vez. A foto do homem. Uma chamada de vídeo.

— Merda! — exclamou, com voz embargada, tentando decidir se aceitava a chamada. Era a chance de vê-lo, certificar-se de que era real. O dedo titubeou. O trânsito parado. Deslizou o polegar. — Não! Não! Que porra! Não!

Seu primeiro instinto foi sair do carro. Procurar algum carro de polícia ali perto. O horror! Era a imagem de Paula, ela ao chão, olhos abertos, tossia, roupa encharcada de vermelho! O que era aquilo? O que era aquilo! A polícia! O cara está lá! O louco atacou Paula!

Inexplicavelmente, a bateria do celular se extinguiu. Se ele pensara em ligar para a polícia, não tinha mais chance. Seu rosto transtornado assustou os demais motoristas. Ele tentou abordá-los, dizendo que precisava ligar para a polícia! Um crime! Um crime! As pessoas fechavam o vidro, sem entender muito bem o que ele queria.

O trânsito se desprendeu e começou a andar. Fernando desistiu de falar com aqueles indivíduos insensíveis e entrou no carro. Cortou os veículos como pôde, para acelerar o tempo de seu trajeto. Enfim, chegou ao prédio. Ele se arremessou sobre a mesa do porteiro.

— A Paula, a Paula, por favor, precisamos subir! Venha comigo. Recebi uma ligação e...

— Calma, senhor, calma. O senhor está passando bem?

— A Paula, amigo, precisamos subir!

— A dona Paula saiu agora há pouco. O senhor quer esperar ela?

— Saiu? Como assim? Tem certeza de que era ela?

— Sim, sim.

— Há quanto tempo? Estava sozinha?

— Meia hora, um pouco mais, talvez. Estava sozinha, sim. Pode esperar, se quiser. Ela deve ter ido ao mercado.

"Não, meu amigo, ela não foi ao mercado." Reteve para si o segredo trágico e despediu-se do porteiro.

Virou-se para o jardim de acesso e levou as mãos à cabeça, repassando a chamada de vídeo em sua mente. Aquelas imagens eram dela? Ou o pânico fê-lo ver as suas feições ali, naquele corpo? Aonde ela teria ido? Será que alguém a chamou se fazendo passar por ele, e ela desceu? Será que Paula teria entrado em outro carro?

O horror desse pensamento angustiou ainda mais o coração estressado de Fernando. Fazia sentido. Ela não iria sair assim, se o estava esperando. A não ser que achasse que era ele que viera buscá-la, de carro. Só pode ter sido isso. Para onde foi levada?

Fernando não teve outra opção a não ser retornar para casa e esfriar a cabeça para decidir o que fazer. Quase certo, deveria chamar a polícia. Precisava tomar seu calmante. No trajeto, lembrou-se do carregador veicular. Conectou o telefone e tentou ligar para ela.

"Fora da área de cobertura."

Desligou o aparelho, temendo receber outra ligação.

Ao chegar em casa, tudo estava revirado.

A racionalidade gritou-lhe, lá do fundo da consciência, dizendo-lhe "Bem, ao menos, agora vai poder abrir o boletim de ocorrência sem ser taxado de louco".

"Preciso fazer o B.O.! Preciso, sim! Ele esteve aqui!", pensava enquanto ligava o celular.

Estranhamente, a primeira coisa que lhe chamou atenção foi ver o livro de Hemingway destrinchado em cima da mesa, os cadernos soltos e rasgados, respingos de sangue nas páginas amarelas.

O celular emitiu um bip. Mensagem nova.

"Acabou sua leitura? Você vai precisar de um novo livro!"

Um banner digital, com capa do livro *Um acusado* e foto do autor.

Bem ali no anúncio, o homem. Ele parecia saudável e bem mais jovem. Talvez fosse a maquiagem. Uma foto publicitária.

Fernando não havia entrado no banheiro, ainda, onde os pés de Paula jaziam para fora da porta.

M'NE-NOH

A TERRA ESCURA estava mais socada no fundo do buraco, o que exigia muito esforço. A pá de plástico amarela já não dava conta do serviço direito. Temia que rachasse, como aconteceu com a pazinha verde da última escavação.

Com a franja suada lhe escorrendo gotas incômodas sobre os olhos, parou um pouco e suspirou. Olhou para as suas pequenas unhas e elas estavam irremediavelmente pretas. "Mamãe vai saber. E vai reclamar pra caramba pra limpar. Tô ferrado."

Já que a mão estava naquele estado, arriscou enfiar os dedos exploradores no fundo da pequena cova na clareira, para ver se avançavam mais um pouquinho do que sua ferramenta. A ponta do indicador alcançou algo rígido e, com sua persistência, conseguiu desenterrar o que lhe pareceu ser uma peça de metal curva, em forma de garra. Limpou-a com a escovinha de sapato do seu pai e passou nela um pano de microfibra — acessórios que trouxera em seu balde sem alça —, revelando a belíssima peça.

Pedro a segurou com as duas mãos, girando-a para apreciá-la melhor. Não acreditava em seu achado.

— Uma garra de monstro! — exaltou, com uma quase gargalhada de entusiasmo.

Embrulhou a garra em um lenço limpo, e embora ela não coubesse toda dentro do pano. Achou que assim a protegeria de arranhões.

Guardou todos os seus instrumentos de volta no balde e colocou a garra, com dificuldade, dentro do bolso frontal de sua mochila. Um pedaço pontudo ficava para fora, mostrando a forma adunca.

Ao chegar em casa, entrou pela porta da cozinha, aos fundos.

— Já fez o dever? — Marcelo perguntou, assim que Pedro entrou com pés de pano.

— Vou fazer agora.

— Acho que precisa de um banho antes, certo? — O olhar do pai logo identificou o tipo de aventura do menino. — Guarde essas coisas na área de serviço pra não sujar a casa. O Mateus está bem?

— Ah, tá sim. Mamãe tá aí?

— Não. Ela chega pra janta. Vou preparar algo aqui.

Pedro obedeceu. Deixou seus instrumentos de trabalho no chão, perto do tanque, e subiu com a mochila.

Ter acendido a luz do quarto o privou da surpresa de ver a luminosidade que emanava da garra. Retirou-a com cuidado da bolsa e guardou-a em uma caixa grande dentro do armário.

No banho, esfregou a ponta dos dedos com esponja e com a lâmina do cortador de unha. Tentou arrancar, sem êxito, as provas de sua travessura, mas a poeira fina e metálica se entranhou na carne e cutículas. Não adiantou: o trabalho final de limpeza ficou com sua mãe. Ele teve que ouvir a bronca.

***

Não teve a oportunidade, nas duas semanas seguintes, de prosseguir com a sondagem do terreno. Havia sido a semana de trabalhos finais, provas, feira de ciências, feira de livro e outras atividades de encerramento do trimestre na escola, o que lhe resultara em ausência de tardes livres para exploração.

Enfim era sexta-feira. Tocou o sinal da saída, e ele correu de volta à sua casa para almoçar e ir trabalhar em sua investigação arqueológica — assim a chamava.

Depois do almoço, sem que Marcelo percebesse, foi até o quarto de ferramentas e pegou alguns acessórios de jardinagem, como pá pequena e enxadinha. Couberam em um saco plástico dentro da mochila, que seria providencial para não sujar tudo de terra na volta. A garra estava envolvida em uma camisa suja que tirou do cesto de roupas — servia melhor que o lenço. Vestiu seu macacão jeans velho, usado para trabalhos mais pesados. Pegou também seu balde com outros equipamentos de costume e "foi brincar com Mateus", conforme alardeou no portão de saída.

Foi fácil chegar ao local onde encontrou a garra, pois ficava no centro da clareira, logo depois das rochas do elefante, como ele nomeou o território. Havia chovido na madrugada anterior — o cheiro da terra confirmava, bem como a lama preta que se agarrou no jeans quando ele se ajoelhou para o trabalho.

O buraco ainda estava lá. Ele decidiu cavar outro ao lado, para ver se achava outras partes, talvez uma mão ou braço do monstro que descobrira. Com a pá metálica era bem mais fácil e rápido: além de maior, podia aplicar mais força, sem medo de que quebrasse.

O buraco já estava com um diâmetro de cinquenta centímetros e era mais fundo que o anterior. Pedro quase desistia dele, para começar a cavar em outro ponto, onde poderia ter mais sorte. Foi quando sentiu o tremor.

Foi rápido, menos de dois segundos.

O garoto parou de cavar e olhou o monte de terra removida. Pedriscos e a própria terra deslizavam pelas laterais, denunciando que a vibração continuava, embora não fosse mais tão perceptível.

Pedro se levantou.

Estranhou ao perceber que a terra da clareira não estava firme e reta. Parecia ondular, como se houvesse se transformado em areia movediça. Pegou a mochila e a pôs no ombro, dando dois passos para trás, mas não foi suficiente para fugir do vórtice que começou a formar-se. O chão perdeu toda sua firmeza e começou a desfazer-se sob seus pés. Ele deslizou, entre pedras e terra, para o fundo de uma escura cratera. Quando o barulho do desmoronamento terminou, levantou-se e sacudiu a sujeira de suas roupas. Ainda em sua pequenez, percebeu que dera muita sorte em não ter sido atingido pelas rochas e pedaços de metal que repousavam na lateral do desmoronamento. Encontrou sua mochila mais ao lado, aberta pela queda, expondo seu interior. Na penumbra, percebeu, enfim, que a garra brilhava. Removeu a camisa embolada da mochila e segurou a garra incandescente com certo medo.

— Será que isso é radioativo?

Arremessou no chão o objeto metálico, num impulso, dando-lhe um chute para distanciá-lo. Arrependido de ter iniciado a escavação que causara aquele desastre, tentou gritar por socorro, no entanto, tudo ali parecia abafar sua voz. O buraco era mais profundo que a altura de sua casa, calculou.

Pegou o celular e constatou, feliz, que havia sinal. Gravou um áudio para o pai.

"Pai, não se assuste, estou bem, só que vou precisar de ajuda aqui. Caí num buraco, tô no meio daquela clareira que a gente acampou perto de casa, lembra? Perto das pedras."

Tirou uma foto de baixo pra cima para mostrar ao pai. Enviou. Observou angustiado que a mensagem de áudio chegara, mas o pai não a abrira. Tentou digitar uma mensagem, então.

"Ouve aí, pai. Urgente."

Com um aperto estranho no coração — e descobrindo, nesse exato momento, o que era preocupação —, ficou aflito ao perceber que a última mensagem não havia sido transmitida. O sinal de dados ficara fraco.

"Pelo menos, ele pode ouvir os áudios... esses chegaram..."

Enfiou o celular no bolso. Não havia muito o que explorar ali. Um buraco de paredes rochosas escuras e irregulares, um monte de terra e lascas de metal, pouca luz. Voltou a olhar para a garra e, ignorando a hipótese de que fosse mesmo radioativa, pegou-a outra vez e guardou-a na mochila.

Logo, um novo tremor teve início. Pedro sabia o quanto era perigoso estar dentro de um local onde poderia ser soterrado. O chão começou a mover-se, partindo-se em fendas, e acontecia um novo desabamento — ele achava. Mas era o contrário: o solo se movia para cima numa onda, cuspindo Pedro de dentro dali. Caiu de volta na clareira e, à sua frente, o solo parou de mover-se enquanto ele rastejava assustado para fora do perímetro.

"Caraca, que troço incrível!"

A salvo, esfregou a mão imunda na calça e pegou o celular: o sinal voltara. Sua última mensagem ao pai havia sido transmitida. Ele não lera nenhuma delas. Apagou tudo — ainda dava tempo e lhe pouparia mais broncas. Digitou outra por cima.

"Pai, desculpe, mandei errado."

De todas as aventuras que havia vivido até ali, essa havia sido a mais sensacional. O solo o engoliu e depois o cuspiu! Será que era por causa da garra?

Correu para fora daquele pedaço de terra, afastando-se da clareira e entrando na floresta, mas aquilo não havia acabado, ele descobriu no segundo seguinte. Um estrondo e viu a montanha de terra começar a formar-se na clareira. Havia algo querendo emergir dali. Um corpo encurvado, com costas escamadas rompeu a barreira da superfície, revelando o dorso com espinhos cor de chumbo, que cintilavam à luz do sol.

Pedro estava assustado, mas não conseguia fugir. Queria ver aquilo, e seu instinto o prendeu ali para descobrir o que era aquela besta. Inocente, julgou que poderia esconder-se atrás das árvores.

A criatura tinha o tamanho de um rinoceronte ou hipopótamo, e era bípede, Pedro percebeu quando a coisa acabou de se desenterrar. Ela ergueu a cabeça sobre o pescoço atarracado e expeliu um som grave e ressonante, como um urro metálico que reverberou dentro da caixa torácica de Pedro. A criatura libertou-se do solo e deu um passo à frente.

"O que foi que eu fiz!" Pedro se agachou, tremendo.

Aquele ser devia ter uns dois metros e meio de altura. Sua cara era larga, e os globos vermelhos em suas órbitas buscavam por algo. O aspecto era reptiliano, as escamas pareciam placas metálicas brilhantes, mas toda a face ostentava penugens pretas, que engrossavam no entorno do queixo, formando uma barba. A boca quase símia se contorcia em desagrado enquanto a criatura parecia querer remover a terra que a sujara, cuspindo ao seu redor e bufando ruidosamente. O nariz, um conjunto de fendas grossas, uma expressão sombria. Pelo movimento da cabeça, Pedro entendeu que a criatura o procurava pelo olfato. O vento lhe favorecia — e isso era bom. Quando a besta esfregou o braço sobre os lábios protuberantes, Pedro percebeu a ausência da garra em sua pata.

Devagar, puxou sua mochila para a frente do corpo. Pretendia desfazer-se do seu achado. Quem sabe a criatura fosse atrás se arremessasse a garra, e ele poderia fugir sem ser percebido?

A cada bufada, a criatura emitia o som estrondoso. Pedro aproveitou-o e sincronizou seu movimento para abrir o zíper sem chamar atenção. Conseguiu desdobrar o tecido que envolvia a garra em sua mochila. Sem tirar os olhos do animal, com dedos meticulosos apalpou a garra e a tirou da bolsa. Esperou a besta virar-se para o outro lado, e ver o dorso espinhoso lhe causou arrepio. Com todo impulso que pôde dar a seu braço, arremessou a garra por cima da criatura. Assim que caiu ao solo, ela foi até a garra e a pegou, levando-a às narinas, e ficou por longos segundos inspecionando os odores nela depositados.

"Nada bom... nada bom!"

Enquanto estava agachada, Pedro saiu do seu ângulo de visão e correu como louco de volta para casa.

O medo que percorria sua nuca pareceu alojar-se atrás de suas orelhas. Achou que ouvia ruídos de uma perseguição, mas não tinha coragem de olhar para trás. Só repassava a cena em sua cabeça: a criatura absorta, cheirando a garra. Quando chegou aos calçamentos concretados, e abriu uma considerável distância da área da mata, olhou para trás e viu, aliviado, que não tinha sido seguido.

Atravessou a passarela até o outro lado da avenida. Correu mais quinze minutos que separavam aquela área até seu condomínio. Acenou para o porteiro e ele abriu o portão.

— O que houve, Pedro? Tá cansado?

— Nada não, seu Paulo, nada não. Boa tarde!

Chegou antes do entardecer, conforme o trato que tinha com seus pais. Tirou a roupa imunda e jogou no tanque, arremessando os tênis num canto. Subiu abraçado à mochila e viu que eles estavam na cozinha. Lá de cima, ele gritou: "Cheguei, vou tomar banho". Entrou correndo no quarto e se trancou.

Mais tarde, desceu à cozinha, cabelo penteado, roupa limpa. Comia avidamente o macarrão do jantar. Laura, sua mãe, olhava para ele, cotovelos sobre a mesa.

— Que mão é essa, mocinho? De novo vou ter que limpar esse pó preto?

Pedro esticou os dedos e constatou a sujeira entranhada nas unhas.

— Está na hora de conversar sobre isso, Pedro — completou o pai. — Não queremos mais que vá à casa do Mateus pra essas brincadeiras de escavação no quintal. Vou até ligar pro pai dele.

— Não precisa ligar, pai! — Pedro procurava alguma desculpa rápida para que a verdade não viesse à tona. — Hoje acabamos nossa investigação. Nossa próxima missão é no videogame dele. Nada de mãos sujas, mais! Prometo!

Estava feliz porque os pais aceitaram sua assertiva. Porém um movimento estranho na janela da cozinha o deixou com coração saltando. Não querendo alardear nada, ficou quieto. No entanto, olhando para a janela comprida do hall das escadas, viu o vulto passando, como se galgasse por ali para o andar de cima. Assombrado, deu um grito e se levantou da mesa. A cena voltou à sua cabeça: aquela criatura cheirando a garra. Ela tinha vindo atrás dele, era certo. Veio seguindo seu rastro. Cães faziam isso com facilidade. A besta devia ser caçadora.

— O que foi, filho?

— Pai, tem alguma coisa lá em cima. É melhor sairmos daqui rápido!

— O quê? Viu algo?

— Vi a coisa subindo por ali. Deve ter ido pro meu quarto!

O olhar de desdém que Marcelo depositou em Laura foi rapidamente substituído por um sobressalto. Um barulho vindo do quarto de cima confirmava: não era a imaginação de Pedro. Laura, objetiva, já ligava para a polícia e dava o endereço. Marcelo pegou a chave e levava Pedro para a saída, convocando a esposa com gestos expansivos, mas silenciosos.

— Paradinhos aí — disse o sujeito que descia a escada, arma em punho, apontando para Laura. — Deixa a porta trancada do jeito que está. Não gritem, senão meto bala.

Encostou a arma na cabeça de Laura, que largou o telefone no chão. Puxou-a pelo braço até chegar perto de Marcelo e Pedro. Arremessou Laura contra Marcelo e pegou Pedro como refém. O garoto tremeu de pânico.

— Pai, o que faço?

Marcelo fez gesto de calma, com as mãos, enquanto o bandido sacudia Pedro, mandando que ficasse calado.

— Quero os dólares, e abre o cofre pra mim, pra eu ver o que tem lá dentro. E rápido, senão estouro a cabeça aqui. Não vai ser bonito, patrão, eu garanto.

Marcelo quase tombou ao chão de nervoso quando tropeçou na cadeira da sala. Laura estava trêmula, mas segurou-se como pôde para manter a situação sob controle. Qualquer tensão a mais poderia provocar reações inesperadas do bandido. Uma linha tênue para o desastre.

O homem sabia de antemão sobre as posses na residência. Referia-se ao cofre que havia no hall do corredor dos quartos. Quanto aos dólares, Marcelo ficou tentando imaginar como tinha conhecimento. Enfim, alguém podia ter dado as coordenadas do potencial da casa. Mas não importava naquele momento. Queriam atendê-lo o mais rápido possível, queriam que ele fosse embora logo, sem ferir Pedro, sem ferir ninguém.

— Calma, vamos subir, vou abrir o cofre, tá tudo certo. Os dólares também estão lá — Marcelo conseguiu dizer, com voz trêmula que denunciava seu pavor.

Marcelo e Laura subiram na frente, o bandido subiu atrás arrastando Pedro pelo braço. Laura apelou para o homem.

— Solte o menino, vamos dar o que quer, mas, por favor, solte ele, deixe-o comigo, que ele está assustado...

— Cala a boca, sua vaca. Vamos logo que estou com pressa! — disse, apertando a arma contra a criança.

Os quatro aglomeraram-se no hall. Marcelo trabalhava no segredo do cofre, mas as mãos trêmulas atrapalhavam. Ele errou a senha duas vezes.

— Você tá brincando comigo, babaca? Abre essa porra logo! Quer ver miolos no chão aqui, quer? Anda com isso, seu merda!

Pedro engolia seus gemidos de pânico e até ouvia o coração bater. De onde estava, via a janela do seu quarto. Ouviu um ruído do lado de fora, as bufadas da criatura que conhecera mais cedo. No escuro do quarto, distinguiu as garras brilhando no parapeito da janela. Ela estava invadindo por ali. Pedro sufocou o grito. O que poderia ser pior? Ao agitar-se instintivamente, querendo se soltar, irritou o bandido.

— Fica quieto, moleque idiota!

Laura e Marcelo gritaram quando viram a criatura se aproximando das costas do bandido. Sentindo a presença, o homem se virou e, assustado, colocou Pedro como escudo, apontando a arma contra a fera.

— Solta o menino! — Laura gritava. — Solta o menino! Me dá ele aqui!

A besta expeliu um bramido estrondoso e grave, e arrancou Pedro das mãos do bandido, segurando-o na cintura, como um boneco. Deu um safanão no homem com a pata e o arremessou do outro lado: este bateu na parede e caiu sentado, aprumando-se rápido e dando três tiros contra a fera. Expondo seus dentes com raiva, a criatura colocou Pedro no chão e foi para cima do homem. Com uma mão, segurou-lhe a cabeça, envolvendo-a com seus grossos dedos e garras. Com a outra, prendeu firme o tronco contra seu peito. Um movimento rápido e violento, e eles ouviram o som do estalo dos ossos da espinha.

O bandido caiu mole no carpete.

A besta se virou e viu Laura ajoelhada ao lado de Pedro, passando a mão sobre a barriga do filho e choramingando "Meu menino, meu menino" sem parar. A roupa dele estava ensanguentada. Marcelo estava paralisado, olhando para a besta, planejando uma rota de fuga para eles.

Mas não era preciso fugir.

A besta pôs-se de joelhos perante Laura e o filho. Pedro não entendia o que estava acontecendo: ele sequer sentia dor. A criatura o encarou e colocou o dedo sem garra sobre o ombro dele, cutucando-o suavemente.

— M´ne-noh — falou com sua voz grave e metálica, em uma pronúncia estranha, achando que esse era seu nome, e dizendo algumas palavras ininteligíveis logo depois. Apontando para si, mostrou o furo no flanco em sua própria costela, fonte do sangue que manchara Pedro.

Levantou-se e pegou um coelho morto que largara no quarto antes da confusão e o colocou sobre as pernas do garoto — enfim, viera até ali para trazer seu presente. Prestes a sair, pegou o corpo do bandido e colocou-o sobre seu ombro. Então, pulou pela janela.

Nunca fizeram B.O. Isso só iria complicar a situação já resolvida. Pedro não sujava mais suas unhas com terra. Marcelo e Laura se mudaram dali assim que puderam.

Quanto à origem da besta, Pedro nunca pôde descobrir. Quando adulto, chegou a fazer novas inspeções naquela área da clareira, mas nem pistas nem rastros foram deixados pela criatura.

O CAMPANÁRIO

Esta história é baseada em fatos reais
ocorridos em uma cidade no Vale do Paraíba,
hoje em ruínas.

Parte I
Seis Lagoas

"(...) A cidade era fadada ao infortúnio. Viveu períodos de bonança no século XIX, graças à rica produção de café e à sua posição estratégica no Vale Paraíba Fluminense como próspera cidade colonial.

Seis Lagoas foi simplesmente apagada da história.

Lar de famílias endinheiradas, em especial as donas das fazendas de café, a cidade possuía notável vida cultural: cantores de ópera e músicos europeus faziam apresentações nos teatros locais. Tinha duas grandes escolas, bibliotecas e rico conjunto arquitetônico, o que atraía boa quantidade de profissionais da área de engenharia e arquitetura que ali fizeram morada, ainda que provisória, para construir casarões e prédios governamentais. A belíssima igreja de São Marcos, padroeiro da cidade, foi ampliada e ganhou uma torre com campanário — o grande sino de bronze, trazido da Alemanha, embalava os moradores anunciando as missas de domingo e dias festivos. Ergueram na cidade também o Centro de Pesquisas de Seis Lagoas, uma das primeiras construções, quiçá motivo maior de sua desgraça.

A que servia o centro de pesquisas, não ficou claro à época. Mas isso não importava, pois a cidade respirava café; tudo gerava em torno da riqueza advinda da produção e comercialização do fruto.

O estranho declínio de Seis Lagoas teve início por várias razões, contadas em diferentes versões.

O povo acreditava que o azar viera, na verdade, pela mudança do cemitério para o topo da colina, pois, logo depois disso, a sequência de fatos se iniciou. A construção de uma ferrovia na área adjacente, alterando o delicado equilíbrio comercial na região, fez Seis Lagoas perder sua importância e entrar no século XX com menos de um terço da população que tinha no seu auge. As famílias mais abastadas abandonaram seus investimentos ali, largando a cidade para a população mais pobre.

Mesmo assim, o centro de pesquisas foi expandido, construindo-se mais um anexo.

Depois, a construção da represa de Lages, no alto da Serra das Araras, para abastecer a demanda crescente de energia do Rio de Janeiro e municípios vizinhos. Parte de Seis Lagoas — ao sul — foi submersa por causa da represa, matando em silêncio milhares de pessoas e deixando embaixo d'água lamacenta muitas das preciosidades arquitetônicas. Vários bolsões se formaram e, nos meses seguintes, o descuido sanitário das autoridades resultou em uma epidemia de malária que exterminou 40% da população. Foi o que contaram.

Nessa época, muitos dos que restaram ao norte se mudaram de Seis Lagoas por acreditar que a cidade estava amaldiçoada. Ainda assim, havia muitos profissionais e técnicos que trabalhavam para o governo no centro de pesquisas. Raras cartas daqueles anos foram encontradas tempos depois, nas cidades adjacentes, para onde vários moradores haviam migrado. Mencionavam o bronze da morte — como se fosse mensagem cifrada, já que havia um monitoramento sobre as informações que saíam do local. Os jornais nas cidades grandes nada divulgavam. Pessoas mais ativas e questionadoras em Seis Lagoas desapareciam. Pastas com relatórios e fotos foram queimadas. Livros desapareceram.

Anos depois, em 1940, uma expansão na represa de Lages foi a justificativa para ordenar a desocupação do resto da cidade, uma área demarcada que, segundo os estudos topográficos, seria também tragada pelas águas. Quase cem fazendas poderiam ser atingidas. A população foi evacuada e casas e prédios foram demolidos, para evitar que o povo retornasse sem autorização. Permaneceu apenas o prédio do Centro de Pesquisas de Seis Lagoas, algumas casas lacradas com tijolos, e o campanário, cujo sino

— pesada e valiosa peça — misteriosamente permanece intocado, em respeito às superstições que envolveram a torre nos piores anos de Seis Lagoas.

Inaugurada a expansão da represa, o alagamento previsto não chegou ao local demarcado. Assim, poucos anos foram necessários para que o perímetro evacuado fosse tomado pela mata, ocultando de vez as ruínas da cidade no meio do verde.

Seis Lagoas desapareceu.

Ao norte, no alto do morro, permaneceu intacto o cemitério da cidade, com suas lápides brancas demarcando seus pequenos territórios."

João Marcos T. D´Ávila, 1951

Parte II
O sonho

— Precisa fazer muita coisa lá, vai dar trabalho. Até ficar sustentável, vamos ter que sobreviver com um estoque de mantimentos. Tenho a caminhonete... caso demore pra gente conseguir produzir nas plantações, podemos sempre comprar mais coisas na cidade. Mas é espaço pra caralho, dá pra fazer fazenda ou vários sítios, dá pra aproveitar algumas casinhas existentes, e vamos fazer tendas, conforme planejamos. É um local esquecido. Sem sinal de celular, isoladíssimo, perfeito pra nosso assentamento. Nós seremos os quatro fundadores! Agora vai acontecer!

Jonathas havia distribuído uma versão resumida do texto de João Marcos D'Ávila aos amigos. Eles percebiam a empolgação pela descoberta de um local para instalar a comunidade. A reunião foi marcada assim que o líder retornou da região, aonde havia ido para uma inspeção inicial. O grupo-núcleo tinha mais três membros. Ouviam atentamente o jovem empreendedor. Thomaz, que passava dos quarenta e cuja maturidade o ensinara a ser mais reticente, não quis animar-se tão rápido com a escolha, mas Maria Clara e Priscilla vibravam, vasculhando no notebook os vídeos e as fotos que Jonathas fizera na região.

— E quem foi esse João Marcos? Esse texto veio de onde? — Maria Clara quis saber, já pesquisando na internet.

— Você não vai encontrar nada sobre ele, nem sobre essa cidade perdida. Foi um contista de Rio Claro. Consegui copiar parte do conto nas minhas pesquisas na biblioteca de lá. Isso não tá na web, esquece, não vai achar nada sobre ele.

Thomaz estava sentado na poltrona, com o papel na mão, relendo o texto.

— E essa coisa de centro de pesquisa... governo... evacuar população? — dizia Thomaz, cutucando o papel com o indicador.

— Relaxa, cara. Ficção, ficção! — Ele riu. — Esse é só um conto de um livro que nem existe mais. Esse escritor pegou parte de sua pesquisa histórica sobre a cidade... parece que era um funcionário da prefeitura de Rio Claro. Encontrei menção ao texto dele num artigo, com alguns trechos. A parte da represa é verdade mesmo, da malária... da demolição... o resto não é, não. É fictício, cara, o local está abandonado e é perfeito pro nosso assentamento!

— Precisamos fazer uma nova visita — Sofia disse, ainda vasculhando as fotos no notebook. — Depois, fazer nossos contatos com a galera que quer fazer parte. Vamos precisar de muita mão de obra pra capinar tudo e instalar a vila.

— O amor norteia tudo! — bradou Jonathas, evocando o grito do grupo, que planejava havia dois anos uma comunidade ideal, sem julgamentos, sem ódio, sem inveja; uma vida de simplicidade, auxílio mútuo e desapego.

— O trabalho une todos! — gritaram os demais, estalando as mãos com braços para cima.

Parte III
O assentamento

— Nosso ideal de estarmos mais próximos da natureza, em plena harmonia com nossa mãe, vai se realizar aqui no Assentamento Seis Lagoas. Devemos ter uma relação de irmãos, uma convivência pacífica e fraterna, onde a solidariedade e o respeito são práticas que todos assumem. É a regra pra permanecer aqui. Pro bem de todos! Buscaremos a elevação de nossas consciências. Aqui, não bebemos álcool, não usamos drogas, não comemos carnes. Não usamos energia elétrica, nem telefones!

Assim era parte da palestra que Jonathas ministrava, reforçando tudo que já havia sido dito nas reuniões preliminares ao longo dos dois anos em que angariaram e reuniram os

O CAMPANÁRIO 97

interessados em viver na comunidade. Esse era o terceiro grupo que chegava ao assentamento, contendo cinco pessoas. Pelas suas contas, faltavam mais nove membros.

A principal dificuldade havia sido quando prepararam o terreno. Levaram quase quinze dias com uma dúzia de pessoas trabalhando duro para descampar aquela área, capinando e transportando os montes de mato de um local para outro. O assentamento foi localizado próximo a uma das lagoas de água potável, que recolhia água de um pequeno riacho gerado pela cachoeira na encosta íngreme de rochas, a noroeste, perto da estrada de acesso. As outras lagoas que deram origem ao nome da cidade ficavam mais afastadas, Eram um outro recurso que poderiam explorar, caso precisassem.

Dois meses se passaram, e algumas das casas já estavam em condição razoável para servirem de moradia. O prédio do centro de pesquisas de fato existia, para a surpresa de Thomaz e Priscilla, mas era um conjunto de paredes podres e lajes caídas. Várias tendas de lona, robustas e seguras, foram preparadas para comportar o grande grupo. Jonathas deixou os espaços mais confortáveis para os demais, ficando ele próprio num casebre pequeno, com paredes desgastadas, sem telhado, próximo ao prédio decadente do tal centro. Como ficaria ali sozinho, era o suficiente. Ele mesmo improvisou uma cobertura com tábuas e folhas.

Àquela altura, vinte e seis pessoas já faziam parte e estavam envolvidas no trabalho. Jonathas geria todas as equipes e trabalhava também, com foice e enxada nas áreas destinadas às plantações, colocando seu suor na comunidade que estava se formando.

***

— Jonathas, pode vir aqui? Sobre a lista — Priscilla gritou da abertura da tenda, sua mão cobrindo-lhe o sol sobre o rosto, entrando logo em seguida. Ela havia chegado de caminhonete havia pouco. Viera da cidade, onde fazia as visitas e contactava por e-mail ou celular as pessoas de outros estados. Era a última investida de prospecção.

Secando o suor da testa com o braço, Jonathas largou as ferramentas, dando algumas instruções àqueles que continuariam o trabalho. Foi até a tenda.

— Algum problema?

— Não. — Priscilla tinha uma prancheta às mãos. — Faltam mais cinco. Confirmaram que chegam na quarta. E aí concluímos nossa lista. Quatro deram pra trás, não vêm mais. Já tentei de todos os modos. Dois deles do Rio... até fui na casa deles, mas...

— Tanto trabalho aqui... preparamos lugares suficientes pra trinta e seis! — Jonathas reclamou, frustrado.

— É, mas na hora H, só estes mantiveram o propósito. Então, vinte e seis, mais esses cinco, pronto! Podemos marcar alguma coisa para alegrar a inauguração oficial!

— É... trinta pessoas. Está bem. Vamos em frente.

— Trinta e uma — ela disse, apontando para a lista numerada, que incluía todos os nomes, até mesmo o dela e o de Jonathas.

— É, somos trinta e uma pessoas. O sol deve estar me fazendo mal. Acho que vou descansar um pouco. Por favor, avise ao Thomaz e Maria Clara para prepararem a chegada do pessoal novo.

Na quarta-feira, Priscilla foi até a rodoviária — o ponto de encontro, onde acolhia os membros e os levava até o caminho secreto de Seis Lagoas, a estrada camuflada escondida por dentro da mata que desembocava a noroeste do acampamento. Naquela mesma noite, houve uma pequena recepção festiva para os cinco últimos membros a chegarem. Agruparam-se no entorno de uma fogueira, entoaram canções, brincavam entre si. A fuga da vida opressora da cidade e das vaidades do mundo eram os valores que buscavam.

Jonathas estava sentado no meio deles, compenetrado a observar a madeira seca em estalos no fulgor alaranjado que os aquecia. Pensava nos seus antepassados. Seu bisavô, Affonso Cerqueira Teller, havia sido um dos maiores fazendeiros de café daquela região. O tempo levou tudo. Ficou pensando nos mistérios que envolveram aquela cidade, imaginando como a vida dos Teller teria sido diferente se o destino de Seis Lagoas fosse outro. Mas, enfim, isso não mais importava. Estava feito. Olhava para todos ali... alguns não se encaixavam nos padrões sociais e eram rejeitados por algum motivo, outros eram pessoas que, por razões íntimas, rejeitaram tudo o que tinham. Todos pareciam felizes. Já se conheciam das reuniões anteriores, embora alguns fossem agregados recentes, e este representava um grande momento em suas vidas. Para eles, um novo passo, uma nova fase.

Parte IV
O sino

— O trabalho une todos! — Jonathas ouvia os grupos gritarem motivados a cada manhã, quando acontecia a reunião de planejamento das tarefas do dia.

Dividiam-se em afazeres segundo a capacidade e talento de cada um, mas todos eram incentivados a aprender coisas novas. Assim, Thomaz estava designado, pela manhã, a acompanhar os trabalhos da cozinha, para aprimorar seus parcos conhecimentos com temperos, sal e panelas. Maria Clara precisaria aprender um pouco sobre marcenaria, usando suas mãos que não estavam mais tão suaves.

Foi no meio de tarde que, ainda ocupados com outras atividades, ouviram o sino tocar pela primeira vez. A torre ficava ao lado das ruínas da igreja, mais a sul do local onde se concentrava o acampamento e o casario habitável. Inicialmente, fizeram certa algazarra, achando maravilhoso apreciar o som doce e potente. No entanto, logo se depararam com a pergunta estranha e silenciosa em suas mentes: quem o havia tocado?

Uma sensação de insegurança tomou conta deles, mais ainda do grupo-núcleo, pois tinham tido acesso àquele texto do escritor João Marcos D'Ávila.

— Que merda é essa? — Thomaz olhou para Maria Clara, que trabalhava ao seu lado junto de outro rapaz, ensacando legumes, e saiu do galpão de alimentos para observar a torre da igreja.

— Parou... quem é que foi lá tocar? — Ela franziu a cara, acostumando-se com o sol.

— Vou dar uma olhada.

Thomaz percorreu o assentamento. Viu as pessoas paradas à entrada de suas tendas, na janela das casas ou em seus postos de trabalho. Vários com mãos sobre os olhos, observando a torre, outros conversando entre si.

Jonathas saiu da casa tosca no fim da rua esburacada e veio correndo esbaforido de encontro a Thomaz, com um facão na mão.

— Estou indo lá, Thomaz. Vem comigo?

— Vamos, sim.

— Deu falta de alguém aqui? Dei ordem expressas pra que ninguém fosse no campanário! Aquela construção é muito antiga,

100   TÉTRICOS E METÁLICOS

sabe-se lá as condições do piso e da escada. Já contou se estão todos no assentamento?

— Não dei falta, mas alguém tem que estar lá, Jonathas. Um sino não se toca sozinho. A não ser que tenha sido alguém de fora. — Tirou o boné do bolso de trás de sua calça e o vestiu. Pegou o facão que deixara do lado de fora do galpão e o prendeu na cintura.

Percorreram cerca de oito quarteirões de ruínas ao sul. Nas preparações que haviam feito para o assentamento, tinham capinado apenas a distância de um quarteirão no entorno da área das tendas e dos casebres, além do caminho até a estrada, do lado oposto. O trajeto até a igreja estava intocado e entregue ao tempo. Depois do trecho capinado, que revelava pedaços de meio-fio e calçamentos comidos pelo tempo, vinha a mata densa que a muito custo cedia às investidas dos facões de Jonathas e Thomaz.

Nas proximidades do campanário, a mata estava mais esparsa, e puderam transpô-la sem precisar abrir caminho. Viam, atrás da torre, as ruínas da Igreja de São Marcos, paredes grossas e teimosas de um imóvel destelhado e corroído pela poeira das décadas, cheio de mato em seu interior, ocupando o salão dos bancos que outrora eram destinados aos fiéis.

Transpuseram a pequena mureta externa do campanário e Thomaz apreciou as belas esculturas em alto-relevo acima da entrada, embora não soubesse o que significavam. Pequenas aberturas, como janelinhas, se espalhavam em todas as faces da construção. Aproximaram-se da porta de madeira.

— Uma podridão, Jonathas. Uma porta trancada desde que evacuaram a cidade!

— Vamos tentar abrir.

Thomaz sacudiu a maçaneta oxidada, que sequer se mexia, empurrando a madeira com os ombros. Não precisou de muito esforço para que a porta se desmontasse do batente. Jonathas segurou Thomaz para que este não caísse por cima da madeira, espatifada em tábuas no chão, junto de parte do alizar.

— Ninguém entrou aqui, Thomaz — Jonathas disse, explorando o interior, enquanto Thomaz sacudia a poeira em sua roupa.

Thomaz não via nenhuma outra porta além daquela que derrubara. Num canto, uma mesa muito antiga e empoeirada. Nos tijolos avermelhados das paredes viam-se as pequenas aberturas retangulares para permitir a entrada de luz, e também um

O CAMPANÁRIO

101

frágil e inútil corrimão metálico em pedaços, acompanhando os degraus de concreto que se fincavam na estrutura da parede — levavam a uma espécie de mezanino no primeiro andar, cujo assoalho de madeira grossa apresentava brechas e falhas, deixando transpassar por ali a parca luz que vinha das demais janelinhas acima.

De onde estavam, avistavam bem o mezanino — não havia ninguém. A única presença era uma espessa corda que pendia, estática, vinda de um buraco lá no alto, que dava para a sala do sino. Uma escada de metal partia do mezanino e subia para os demais níveis da torre, chegando até essa sala. Estava corroída e despedaçada.

— A pessoa puxou aquela corda pra mover o sino. Mas como entrou aqui sem quebrar a porta? — Thomaz questionou.

Saíram dali sem nada descobrir, percorrendo a trilha de volta. Estavam a uns cinco quarteirões de distância quando avistaram parte do grupo aglomerada, acenando para eles, como se os chamassem. Começaram a ouvir seus gritos, um apelo para que se apressassem.

— Algo aconteceu, vamos! — disse Jonathas, correndo com Thomaz pelo caminho já aberto.

Jonathas avistou Priscilla com as mãos à boca, encolhida no chão, tremendo e chorando como se fosse uma criança. Ela já havia passado por traumas em sua vida — um deles tinha sido presenciar o atropelamento de um homem por um caminhão — que lhe renderam meses de terapia até se recuperar do choque. E, então, a cena aterradora. Os demais também estavam aos gritos, chamando Jonathas para o galpão de alimentos, onde Maria Clara e outro rapaz trabalhavam.

Thomaz percebeu que não era um simples desmaio pela posição em que Maria Clara estava e pelo clamor de todos ali. O corpo torto no chão, pernas dobradas como se seus joelhos estivessem quebrados, como quando alguém cai de grande altura, ou se é atacado ferozmente por alguma coisa mais forte. Correu e se ajoelhou junto a ela, enquanto Jonathas analisava o outro corpo.

— O que foi isso? Entrou algum bicho aqui? Vocês viram algo? — gritou Jonathas.

— Não! — respondeu um deles. — A gente voltou a trabalhar, cada um no seu lugar, e aí a Priscilla veio aqui pegar uma bacia pra levar lá pra fora e encontrou eles assim! Ninguém ouviu nada!

Os dois corpos apresentavam a mesma característica: uma perfuração no peito, feita por algum instrumento cilíndrico, o abdômen rasgado e vazio, e um olho furado, mostrando, ao exame, que a cavidade havia sofrido algum tipo de sucção, provavelmente alcançando o cérebro, notava-se pelo pouco peso da cabeça desfalecida.

Thomaz sentiu tonteira e se sentou ao chão, em choque, levando a mão ao peito. Jonathas se levantou e tentava tranquilizar a todos.

— Precisamos chamar a polícia! — gritou alguém.

— Vamos descobrir o que houve! Tenham calma! — Jonathas gesticulava.

Mas era impossível manter a calma diante de um cenário de desolação como aquele. Vários membros foram para suas tendas e arrumaram suas mochilas, decididos a saírem de Seis Lagoas naquele instante. Outros, vendo a movimentação, se mobilizaram para acompanhá-los.

— Calma, calma! Ouçam! Não posso impedi-los de sair, mas esperem até amanhã! — Jonathas apelava à racionalidade. — Estamos no fim da tarde, e aqui anoitece rápido. Não quero que andem até a estrada na escuridão. Ficarão mais protegidos aqui. Eu e Priscilla vamos pegar a caminhonete e ir até a delegacia, e voltaremos. Deve chegar ajuda policial aqui. Fiquem alertas. Thomaz, você toma conta das coisas enquanto eu resolvo isso. Você e você... — Apontou com o dedo para um casal. — ...venham comigo. Será bom ter mais testemunhas pra narrar o ocorrido. — Jonathas orientou todos a ficarem reunidos em um mesmo lugar. Vestiu seu coldre, verificando a arma: o único recurso de segurança que levara ao assentamento, além das armas brancas. Thomaz distribuiu as facas e facões disponíveis aos que ficaram. Arrumaram-se no entorno de uma fogueira, vigilantes.

Com a rapidez anunciada por Jonathas, a noite começava a cair. Enfim, partiram com a caminhonete pela única trilha de acesso que subia até a estrada.

— Cuidado, Priscilla. Vá devagar. Está tudo bem?

— Sim. Estou melhor.

No banco de trás, o casal não parava de repetir o horror daquela visão funesta. Estavam certos, naquele instante, de que não poderiam viver em um lugar sem qualquer segurança da civilização. Confabulavam que algum animal feroz havia entrado

O CAMPANÁRIO
103

ali. Jonathas sabia que não era aquilo. Priscilla vasculhava em sua mente os detalhes do texto do escritor. A forma estranha como eles morreram... Aquele lugar estaria amaldiçoado?

— O que foi isso? — Jonathas gritou quando a frente do carro pareceu afundar em algo.

— Não sei... não sei! — Priscilla respondeu, tentando virar o volante.

Todos berravam dentro do carro, e ninguém entendia o que estava acontecendo.

— Parece areia... areia movediça! — concluiu Priscilla.

— Dê a ré! Dê a ré!

O veículo 4x4 foi eficaz em desatolar-se daquela lama que já o engolia. Os quatro saíram do carro e, com uma lanterna, Jonathas constatou que aquele lamaçal se estendia também para as laterais, tornando a saída por ali impossível.

— Não é areia movediça. Parece um rio caudaloso! — Jonathas disse ao aproximar-se a uns dois metros da parte mole.

— Mas passei neste acesso há menos de uma semana! E nem choveu nada por esses dias! Como essa lama veio parar aqui?

— Vamos margear até encontrar uma passagem seca.

Com faróis de milha acesos, percorreram várias vezes o perímetro, procurando uma brecha. Mas em todo o entorno se estendia o rio de lama, isolando-os totalmente dentro da cidade. Na escuridão, era difícil compreender até onde aquilo se estendia. Era possível ouvir o ruído da lama turbulenta correndo por ali.

— É melhor voltarmos — Jonathas disse aos demais. — Vamos esperar amanhecer e encontraremos uma saída, ou construiremos uma, com madeira, telhas, o que seja.

— Não! — gritou o casal.

O homem, mais afoito, queria sair dali a qualquer custo.

— Jonathas, precisa nos tirar daqui. Vamos achar outro caminho de saída! Não quero voltar pra lá!

— Não há outro local de acesso pra estrada, além desta saída noroeste. Priscilla argumentava.

— Vamos contornar!

Jonathas apontou a lanterna para as paredes pedregosas do monte, as encostas íngremes e as rochas enormes por todo o perímetro.

— Como? Como contornar? A caminhonete não vai conseguir transpor aquilo!

Parte V
A ponte

Assim que o dia amanheceu, Jonathas e Priscilla foram até o local da noite anterior. Mas, com a claridade, já do assentamento conseguiram ver o tamanho do cerco d'água e lama que os aprisionava: prolongava-se para depois de montanhas e rochas, continuando por todo o entorno, isolando a torre do campanário, passando por trás dos quarteirões da igreja, preenchendo vales e chegando até a encosta do monte onde havia o cemitério, tornando-o também inacessível. Era um lamaçal consistente, formando uma barreira que circundava estranhamente o perímetro da comunidade, por qualquer lugar que olhassem.

Eles estavam ilhados.

Priscilla estava abalada, pois o que viam ali não parecia algo natural. Ao mesmo tempo, cogitava se poderia ser por causa da antiga represa.

— Isso tem a ver com o que aquele homem escreveu. Este lugar é amaldiçoado, Jonathas. Vamos até o centro de pesquisas. Quem sabe encontramos alguma informação, algum mapa que mostre um acesso, uma saída.

— Não há nada lá, você mesma viu. Está invadido por mato.

O centro de pesquisas era inabitável, um imóvel arriscado pela iminência de desabamento. Jonathas o examinara como pôde e descartou para o grupo qualquer possibilidade de haver algo lá dentro.

Decidiram levar os corpos para um local mais distante enquanto resolviam como sair dali para chamar a polícia. Não poderiam enterrá-los, a perícia precisaria ver os cadáveres.

Ainda de manhã, Jonathas e outro homem que trabalhava com marcenaria foram aos arredores para procurar árvores com madeira apropriada para construção de uma ponte. Tinham expectativa de que a lama recuasse e pudesse ser construído um acesso por cima dela. Precisavam marcar as árvores para que depois um grupo fosse escalado para a derrubada. Thomaz pegara, no depósito, todas as cordas que haviam trazido para o assentamento. Pegou também tudo o que pôde em ferramentas, pregos e hastes de metal. Abastecia a caminhonete quando ouviu o badalar do sino.

O CAMPANÁRIO   105

Ao longe, conseguia ver o bronze se movendo em sua dança sonora. Durou poucos segundos e se calou, cessando seu lento movimento.

— Todos! Todos reunidos aqui no meio, juntos! — ele convocou.

Thomaz percorreu os arredores, correndo em cada canto do acampamento, mão no facão, convocando todos a ficarem no local planejado.

Jonathas veio correndo em sua direção, quase sem ar, facão em punho.

— Estão todos aqui?

— Não sei — gritou Thomaz. — Acho que falta gente ainda!

Muitos choravam ali agrupados. Olhavam-se, conferindo quem faltava. Alguns já sabiam quem era, mas engoliam a constatação entre seus soluços nervosos.

A tensão de imaginar outra morte dominou o assentamento.

— O marceneiro! — Jonathas olhou para Thomaz.

— Ele estava com você?

— Estava, mas na floresta nos dividimos pra selecionar as árvores. Quando o sino tocou, corri direto pra cá. Esperava que ele fizesse o mesmo... estava fora de meu alcance.

Ficaram ali por mais de uma hora, e o marceneiro não apareceu. Jonathas decidiu partir com Thomaz para uma incursão na floresta onde estava e andaram juntos para ficarem mais seguros. Depois de meia hora de busca, encontraram o corpo do homem. Havia sofrido um ataque igual.

Com uma maca improvisada, trouxeram o corpo até a caminhonete. Os gritos de horror surgiam no meio do grupo. Não havia o que fazer. Colocariam esse corpo no mesmo local dos outros. Precisavam correr, aproveitar o dia de trabalho para adiantar ao máximo a derrubada de madeira e começar a faina para construir a ponte.

**

No dia seguinte, Thomaz conjecturava que aquele talvez não fosse o melhor plano. Pensava em fazer algo simples e rápido, era urgente. Algo que pudesse aguentar o trajeto a pé. Talvez um tronco bastasse. Uma ponte mais forte para comportar o carro demandaria muito esforço, talvez dias de trabalho preparando a madeira. Isso sem contar o tempo de construção. Derrubar árvores? Não era um trabalho fácil. Como carregá-las? Ainda, sequer tinham o marceneiro agora para orientá-los, e não sabiam se as cordas e pregos que tinham seriam suficientes para a empreitada.

Falou de sua ideia para Jonathas, que, a muito custo, concordou.

— Veja se Priscilla está bem e vá até lá com ela. Analisem com cuidado esse segundo plano. Mais tarde a gente vê o que precisa ser feito.

Thomaz e Priscilla foram até o local na estrada de acesso, para reavaliar se a ideia poderia ser eficaz. Procuraram algum ponto de estreitamento. Não havia. Mas uma encosta poderia servir de apoio a uma tora. Com cordas, poderiam se ajudar a subir por ali, apoiados num tronco inclinado. Tiveram certeza de que mergulhar estava fora de questão, dada a densidade da lama impiedosa que parecia crescer em direção a eles, devagar.

— Precisaríamos de uma árvore com uns vinte metros. Não temos, dentro do perímetro, árvore com essa altura — Priscilla demonstrava preocupação.

— Teríamos que juntar dois troncos de extensão, fazendo uma emenda segura.

No entanto, as ideias que começavam a articular foram ficando vazias de esperança. Perceberam, ao achegar-se a um metro da margem, o solo cedendo, incorporando-se ao lamaçal que avançava. Em determinado momento, tiveram que dar vários passos para trás, pois o chão começou a desmanchar-se rápido, molhando com lama os seus pés.

Nesse instante, ouviram o sino macabro. Priscilla, assustada com o som, deu um passo em falso e se desequilibrou na borda de lama. O estranho foi que na borda não era raso como esperavam, e ela afundou mais de meio corpo no chão, gritando desesperada.

— Priscilla, me dá a mão, segura! — Thomaz acudiu-a rapidamente.

Mas o próprio Thomaz não tinha firmeza para segurá-la e puxá-la, pois o solo embaixo de si se desmanchava também. Reteve o braço de Priscilla com força e, num impulso, arremessou seu corpo como pôde em direção ao para-choque da caminhonete. Agarrou sua mão ali e puxou com toda a força que podia fazer.

— Aguente firme!

Logo conseguiu despregar seu pé da lama e apoiou-se ao lado do pneu. Deu um forte arrastão que arrancou Priscilla do rio que a tragava.

— Rápido, entre na caminhonete! Entre!

Por sorte o veículo estava ligado. Dois segundos teriam feito a diferença. Priscilla deu ré e manobrou de imediato, afastando-se da margem assassina de lama rumo ao assentamento.

Thomaz estava apático, pálido e silencioso. Ao chegarem, os dois ouviam as lamúrias e gritos da comunidade — as pessoas corriam de um lado para outro, sem saber o que fazer. Souberam logo ao descer do carro. Dessa vez, haviam sido cinco, os cinco que trabalhavam no refeitório, tratando do almoço.

Thomaz entrou ali trôpego, estava suando. Aproximava-se da bancada, os corpos ali, um triste cenário de morte. Jonathas estava tentando conter o pânico. Lançou um olhar aflito para o amigo. Thomaz levou a mão ao peito, revirou os olhos e tombou.

Priscilla veio logo atrás. Desabotoou a camisa dele. Tentaram a massagem cardíaca, a respiração boca a boca. Não surtia efeito.

— Ele me salvou! Ele me tirou da lama! O que está acontecendo aqui? Que maldição é essa? Eu não aguento mais isso! — Priscilla se debruçou sobre o corpo dele, entre soluços e choro incontido, mas não havia ninguém para consolá-la. Cada um vivia dentro de si seu próprio pânico pessoal.

Parte VI
O Cemitério

Decidiram que era necessário enterrar os mortos.

Não podiam subir com os corpos já em decomposição para cima da colina, onde havia as lápides brancas à espera de novos vizinhos. Tiveram que fazer um outro cemitério no meio caminho da igreja, a cinco quarteirões do assentamento, onde havia uma várzea — o terreno convidava ao trabalho fúnebre.

Fizeram ali covas individuais. Jonathas coordenou tudo, pegando ele mesmo também na enxada — cavaram apenas os buracos necessários para os oito. Abrir mais seria desrespeitoso, e iria abalar o moral de todos. Ninguém precisava de mais pânico. Ao terminarem de colocar os oito envoltos em seus próprios lençóis, cobriram-nos com terra, colocando em cima pedrinhas claras com cada inicial do primeiro nome. O último túmulo foi o de Thomaz.

Priscilla estava visivelmente transtornada, à beira de um colapso nervoso. Abraçou Jonathas, tremendo, esperando algum conforto. No entanto, a dor e o terror eram tão grandes que a solidão e desespero tomavam conta dos corações. Eram prisioneiros ali, fadados a um sinistro destino.

Nos dias seguintes, percebiam que a lama se estabilizara em determinado limite, mas qualquer tentativa de chegar perto da borda, em qualquer ponto, resultava em seu avanço contra os pés. O sino continuou badalando seu sinal de morte, todo dia. O ataque da coisa não tinha momento previsível. Eles se aglutinavam, armados de facas, instrumentos cortantes e paus, sempre que a badalada soava. Porém depois de horas, o grupo precisava dispersar-se. Não podiam fazer tudo juntos ao mesmo tempo. Separavam-se em grupos menores, tentando manter uma mínima segurança, para logo serem descobertos três ou quatro corpos jogados ao chão, vitimados pelo misterioso ataque.

Era uma questão de sorte e tempo.

Priscilla refletia sobre o grito de guerra do assentamento. Afastou logo o pensamento, mas agora lhe parecia caber melhor "a morte une todos". O cotidiano consumia aos poucos qualquer esperança e lucidez das pessoas. A comunidade definhara. Mortes e mais mortes, todas da mesma forma.

O trauma os acompanhava. Alguns ficavam o tempo todo encolhidos nos cantos. Outros se trancaram na caminhonete e, quando precisavam sair para comer ou fazer suas necessidades, novos membros tomavam seus lugares, trancando as portas e resistindo aos gritos e apelos. Começou a imperar a desordem. Em poucos dias, o som mortal daquele sino, prenúncio da morte vindoura, dilacerava a mente de todos.

Já havia vinte e oito vítimas descansando ali. Vinte e nove, contando com Thomaz, que morreu de infarto. Priscilla ajudara Jonathas no último enterro, uma mulher que estava em estado catatônico e não saía mais do refeitório, vítima fácil.

E, então, havia sido a vez dela.

Jonathas depositou as pedrinhas, formando a letra P sobre a terra granulosa, e se afastou dali, em direção ao assentamento. Iria arrumar a caminhonete.

Parte VII
O campanário

Mais tarde, Jonathas percorreu o túnel subterrâneo que saía do centro de pesquisas, atrás de seu casebre, e alcançava o porão das ruínas da igreja. Este se conectava ao térreo do campanário por uma portinhola pequenina e discreta, que saía próxima à porta da torre, já do lado de dentro. Alcançou-a por uma escada, apoiou-se e se projetou para cima. Limpou a poeira que se agarrara às calças. Dentro da torre, Jonathas livrou-se do coldre na mesa antiga de tábuas grossas, onde um castiçal empoeirado com uma vela gasta jazia, indiferente às décadas de abandono. Subiu os degraus de concreto até o mezanino. Aproximou-se da corda grossa que desaparecia no buraco no alto. Num pulo, arremessou-se e deixou seu corpo fazer o trabalho. Na sala do sino, lá em cima, o contrapeso começava um tímido balançar, movendo discretamente o colosso de bronze. Mais uma vez, e Jonathas era levado a cerca de um metro e meio puxado pela força do contrapeso, e se soltava. Mais outro pulo, puxou a corda e enfim o sino atingiu a inclinação e o embalo suficientes para fazer seu badalo golpear a campânula, e golpear, e golpear, ressoando o chamado da morte nas ruínas da cidade vazia.

Desceu e recolocou o coldre. Saiu do campanário, a lua o testemunhava. O vento esbofeteou sua face.

Enquanto esperava, apreciou as esculturas em alto-relevo que decoravam a parede externa do campanário, a uns três metros acima da entrada. Não reparara, no dia em que viera com Thomaz. Eram sete imagens esculpidas — os sete sacramentos. Acima do batente quebrado da porta, a imagem da "confissão".

Logo sua atenção voltou-se ao ruído viscoso que aparecia do nada, anunciando a chegada dela, despertada pelo sino.

— *Zinworrrle*, Jonathas. — O som tremia, entre as sílabas, com pequenas vibrações como as de uma cigarra, porém mais graves, ressoando as membranas verticais que tinha em sua bocarra. A voz dela estrondeava dentro de Jonathas.

— Acabou! — Jonathas bradou. — Sabe que me custou muito fazer o que fiz. Foram dois anos de preparação. Me apeguei a essas pessoas, mas entreguei o que exigiu. Trouxe vida pra você. Já está forte, percebo que se move com mais facilidade, tem até mais viço na sua pele, ou carne, seja lá o que for isso que cobre você. Está feliz? Já se alimentou o suficiente!

— *Trgelarrsz*, meu prezado — a coisa pronunciava, soltando gosma que lhe escorria pelo largo corpo repleto de poros e verrugas, lubrificando a couraça brilhante e marrom.

— Agora, cumpra sua parte. Diga-me onde meu bisavô enterrou a minha herança! Onde está a arca com as barras de ouro? E libere meu caminho dessa lama, pra eu sair deste lugar maldito!

— *Gorlhdrrrt*. Jonathas. — Os olhos saltados eram estranhamente calmos. — O trato... *rgowgrrrloostg*... o trato ainda não está totalmente cumprido. Foram trinta *hgoolfrr*.

Jonathas sabia disso. Estava se fazendo de desentendido. O pacto, desde o início, foi de trinta vidas. Não contava com a morte natural de Thomaz. O infarto foi uma pedra no caminho. Thomaz teve que ser enterrado, ele não tinha alternativa, à ocasião. E, de qualquer modo, a criatura não aceitava cadáveres, Jonathas descobriu isso preocupado, nos dias que se seguiram, ao perceber que o túmulo dele não havia sido remexido. Lamentara desde o início não ter uma margem de reserva, mas era o que havia conseguido para o assentamento.

— Aquilo fugiu do meu controle. Um morreu antes... sabe que entreguei o que prometi!

— Não, Jonathas. *Gorlhdrrrt*. Não entregou.

— Trouxe os trinta pra você! Eu cumpri, sim, cumpri minha parte!

A besta repousava sobre Jonathas olhos cruéis e exploradores que reclamavam.

— Ainda não, Jonathas. *Whrowgrfrrrmoht*! Ainda... não!

A criatura esticava seu ferrão em um movimento lento e paciente, e, no instante seguinte, uma investida abrupta transpassou Jonathas no esterno, uma perfuração precisa em angulação que lhe atingiu os ventrículos de baixo para cima. Olhos arregalados, a dor aguda no peito, Jonathas ainda ouviu duas ou três batidas torpes de seu coração, movido pelo reflexo dos nervos que alimentavam o músculo vital. Soavam diferentes, ele as sentiu esquisitas, vazadas, ocas, escorridas... sinal de sua vida indo embora... dois, três segundos, e tudo acabaria. Em seu momento final, aumentou o ódio que já sentia da criatura — esta o olhava, parada, usurpando-lhe a vida com indiferença, esperando o remate com a organela bizarra em forma de tubo se movendo em tremores aflitos para invadir-lhe o crânio e o abdômen — seu banquete mórbido.

Acabou. A escuridão e o silêncio imperaram por alguns segundos em sua consciência. Percebia-se em uma forma diferente e etérea; entendeu-se fora de seu corpo. Pairava a uma certa altura do solo. Sem noção de tempo, viu-se levado por uma onda de força, sacudido com violência, rodopiando sem direção certa.

***

Havia tempos estava estático em um mesmo lugar. Ali ficou dias, meses, talvez, pairando sem pensamentos, vazio, parado rente ao chão.

Em certa noite, pôde entender-se num local mais alto, contemplando a planície. Viu o acampamento abandonado. O mato voltava a tomar conta. A vista era linda ali de cima, mas ele não podia mais entender a beleza. Começou a observar-se — onde deveria ter braços, extensões disformes e acinzentadas, mãos longas e dedos retorcidos, cuja transparência lhe revelava: era uma entidade fantasmagórica, sem corpo, uma vida que não mais reconhecia como sua.

Estava no topo do campanário, ao lado do sino de bronze. Nunca o havia visto assim de perto. Abaixo de uma das grandes janelas, na face oeste, viu tijolos arrancados revelando uma reentrância — uma pequena câmara contendo a arca de carvalho. A criatura cumprira sua parte, afinal. No tampo curvo, as iniciais ACT, de seu bisavô. Passou os dedos sobre as letras metálicas, e eles pareceram fumaça deslizando sobre a ferrugem. Como houvesse em sua essência a ganância ainda pulsando, embebeu-se de nova força e ânimo, talvez se lembrando do porquê de tudo aquilo. Tentou tocar a arca, queria abri-la, mas seus dedos fantasmagóricos transpassavam o carvalho em seus movimentos ávidos, porém inúteis.

O sino o observava, impassível. Se pudesse, naquele momento, ressoaria uma gargalhada em si bemol, caçoando da pobre alma.

HEAVY METAL

— É ASSIM, amigo!

Girando a cabeça e atacando o couro com suas baquetas, Fred tocava alucinado. Os movimentos frenéticos golpeando os tons, o surdo e o bumbo enchiam a música.

Seu pescoço, inchado e vermelho, a jugular saltando-lhe como se fosse ele o vocalista. Vociferava uma lamúria sob o som ensurdecedor dos pratos e da caixa, agredidos como nunca haviam sido pelo pedal e pela madeira frágil às suas mãos.

O show acabou.

***

Fred estava afundado em dívidas. Aquele bico de tocar nos finais de semana ajudava a comprar a comida do mês e abater o aluguel atrasado. Mas os caras estavam em cima. Jurou ter visto um capanga de Rato no meio da plateia naquela noite. Se era ele, já havia saído.

Estava quase arrependido de não ter atendido às suas últimas mensagens e ligações. Ele ter mandado alguém pessoalmente não era bom sinal. Soava como uma ameaça velada. Enquanto guardava seus preciosos pratos Zildjian — a última coisa que pensaria em vender —, sentiu cansaço no músculo do cenho, enrugado de preocupação.

Pegou carona com um colega de banda, um carro pequeno que exigiu dele certo manejo para fazer caber suas pernas. Fred era grande e parrudo, de costas largas. Chegou em casa e foi direto à geladeira pegar o leite. O achocolatado, puro açúcar, era bebida obrigatória à noite. Depois, jogou-se diante da TV mastigando salgadinhos.

Tudo começou com o acidente de carro. Além de ter perda total no seu veículo, causou perda total em um carro de aplicativo que, como ele, também não estava coberto por qualquer seguro. Rendeu-lhe processo, e foi obrigado a pagar todas as despesas e também lucros cessantes. Perdeu ali todas as suas economias e ainda precisou pegar emprestado de várias fontes — foi ali que perdeu o controle. Sem conseguir pagar a dívida no banco, recorreu a Rato, colega do amigo de seu amigo. Era dinheiro rápido sem olhar o passado, mas com certas obrigações para o futuro.

Pois era dessas obrigações que pensava poder fugir.

Estava enrolando Rato já havia duas semanas. No dia seguinte, o telefone vibrou e, vendo que era ele, decidiu atender.

— Oi, Rato, bom dia. Não esqueci de você não, cara. Como tá?

— Vou te dar um aviso, rapaz. Chega de baboseira. Quero meus vinte e cinco mil no sábado que vem. Vou mandar Parangolé pegar com você, lá no seu showzinho, que eu tô envolvido num outro negócio aqui e não posso ir. Termina por volta de duas horas, certo?

— Termina.

— Uma bolsa discreta, tá certo? É meu último aviso. Você sabe que não dá pra brincar, não sabe? Não atender ligação minha? Molecagem, baterista! — Rato mantinha o tom de voz sereno, o que tornava a sua fala ainda mais atemorizante. —Agora, se marcar bobeira comigo, você tá fodido, que vou arrancar teu couro. Eu mesmo. E depois, enfiar o cano da minha pistola nessa sua barriga de banha, pra explodir suas tripas.

Fred não estava acostumado a esse tipo de ameaça e gelou ao telefone.

— Pode deixar, Rato. Me atrasei, você sabe o porquê, tá difícil a coisa pra mim. Mas sem erro, sábado, vou dar um jeito, cara. Vou dar um jeito nisso, fica tranquilo.

Só que não tinha como "dar um jeito nisso".

Não tinha amigo a quem pedir emprestado. Não tinha pais vivos a quem pedir apoio. Sua tia-avó, que possuía joias, morrera assassinada num assalto. A prima, que já lhe emprestara dinheiro na primeira vez, também falecera — se jogara de um prédio, segundo a polícia. Seu irmão morava nos EUA e nem queria saber dele. Não tinha nenhum bem a vender. Ou recorria de novo à agiotagem, ou a única alternativa seria fugir da cidade, talvez do estado, porque não havia mágica que fizesse aparecer aquela quantia em poucos dias para alguém que já estava no SPC.

Planejou tudo. Não teria onde morar. Viveria na estação de metrô ou trem por alguns dias. Show de bateria não era algo que se pudesse fazer pelas ruas tão facilmente e, ainda que pudesse, ele nem tinha bateria. Tocava onde houvesse uma, sempre levando seus pratos. Certamente encontraria dificuldades em encontrar um serviço para tocar à noite, numa cidade desconhecida. Mas não tinha jeito. Tinha que sair dali. Ao menos, com seu violão, poderia tentar alguma coisa; alguém, por piedade, poderia dar algumas moedas.

Não tinha outra forma. Era isso, ou morrer.

Comprou sua passagem para São Paulo pela internet. Lá, ficaria protegido pela distância do seu problema, e pela multidão. Afinal, São Paulo é São Paulo. Escolheu um ônibus matinal, para o dia seguinte, o primeiro de todos; arrumou pratos e baquetas em seu estojo próprio, pesavam bastante. Uma mala velha de rodinhas foi providencial para comportar as poucas roupas que ainda lhe cabiam. E mais o violão, o boné e uma bolsa com poucos mantimentos... bem, era tudo que podia carregar sozinho — não que tivesse muito mais o que levar.

Não quis pedir carona a nenhum conhecido. Queria desaparecer sem rastros, para sua segurança. Com noventa e três reais na mão, saiu às quatro e meia da manhã para a rodoviária em um carro de aplicativo. Chegou lá com setenta e cinco, mas economizou na comida porque na sacola havia algum lanche para consumo mais imediato.

Dormiu durante a viagem. Ao chegar na rodoviária em São Paulo, encostou-se num canto e a primeira coisa que fez foi apagar todas as suas redes sociais. Pensou em criar novos perfis, com um outro pseudônimo artístico, dali a algum tempo, quando a poeira abaixasse.

Seus primeiros dias em São Paulo foram difíceis, como esperado. No primeiro, permaneceu dentro da rodoviária, aproveitando o wi-fi para pesquisar ônibus, rotas e lugares aonde poderia ir e tentar alguma sorte. À noite dormiu entre arbustos na parte ajardinada do lado de fora, cobrindo o rosto com o boné, não sem medo de que alguém o visse e o expulsasse dali. No segundo dia, logo cedo, partiu com sua coragem para a cidade. Lembrou-se de que deveria mudar de celular. Assim que pôde, comprou um chip e ativou uma nova linha, abandonando o número anterior.

No terceiro dia, estava só com trinta e poucos reais. Acomodou-se na praça com seu violão, e o boné serviu-lhe de recipiente para as parcas moedas que caíram até o dia entardecer. Aguardou o anoitecer, pois havia muitos bares e restaurantes no entorno, era sexta-feira e certamente começariam a aparecer os músicos. Poderia perguntar se sabiam de alguma banda ou oportunidade.

E, sim, um deles sabia.

Havia uma banda que procurava baterista para um show no sábado. "Enfim, estou com sorte", pensou. Na quarta-feira, foi para o ensaio no local marcado e agradou à banda.

— É só por três meses — disse Vicente, vocalista e líder —, o tempo pro nosso baterista se recuperar. Mas você tem a pegada dele, Fred, mandou bem. Vai funcionar. O pagamento te faço logo após a apresentação. Vai ser bom. Sábado, então, a gente se vê. É lá na *Toca do Escondido*, uma casa muito boa. A acústica lá é excelente.

Vicente deu-lhe o endereço. Com aperto de mão selaram o compromisso. Fred precisaria sobreviver até sábado com os trinta reais que tinha no bolso.

***

A apresentação na *Toca do Escondido* havia sido ótima. Ao terminar, quase todos haviam ido embora, mas ele não recolhera os pratos e baquetas.

—Simbora, Fred? Te dou carona—disse Vicente, entregando-lhe o cachê.

— Não, cara. Vou ficar um pouco mais por aqui. Depois eu vou. Valeu.

O espaço era todo seu. Eram quatro da manhã, agora sim estava vazio. Talvez dormisse ali e desse uma desculpa no dia seguinte. Colocou um pen-drive com heavy metal na caixa de som e pôs tudo no dial de volume. Sentou-se, esticou as pernas, puxou o cigarro.

Então Rato entrou.

HEAVY METAL 117

Fred, atônito, levantou-se, porém mal conseguia ficar de pé, dominado pelo tremor. O homem se aproximou.

— Parangolé me mandou mensagem. Disse que não te encontrou ontem. Ele ficou chateado, meu amigo. E imagine eu?

Fred não soube o que falar, estava branco como cera e, àquela altura, sentindo náuseas.

— Sabe, Fred, eu não pude ir lá te ver, porque eu estou aqui tratando de negócios agora. Olha só como a vida é. Que coincidência, não? Você vir tocar aqui na minha casa de show? Você na minha toca! É ou não é uma piada? — Rato gargalhou, cigarro apagado na boca, afastando-se para acarear Fred. — Imagino que você quis me dar uma pernada, né? Celular inativo, mudou de cidade, e pá. Foi isso que tentou fazer?

Rato acendeu o cigarro. Depois, fez um movimento por detrás da camisa para pegar algo e encostou o tubo gelado no abdômen flácido de Fred.

— Sabe que tá fodido comigo, né, baterista?

Fred tremia-se todo e suas pernas falhavam. Ia mesmo desmaiar, sua vista já azulava, quando sentiu a coronhada que o jogou ao chão.

***

Sentia um peso enorme na cabeça. A música do seu pen-drive ainda tocava. Estava virado de bruços, a boca encostando no cimento frio da plateia. As costas ardiam. Ficou de quatro para levantar-se, com dificuldade, e percebeu o sangue em respingos seu redor. Estava sem camisa. Sentou-se no chão e, aflito, tateou sua barriga e peito, sobressaltado, procurando por algum buraco de bala.

— Não levou tiro não, baterista. — A voz vinha do palco. Rato estava em pé, apoiado na parede, fumando seu cigarro. — Sobe aqui. Vem ver só que beleza.

Com dificuldade, Fred se ergueu do chão, sentindo as costas repuxarem. Rato tinha a mão na arma à sua cintura. Não adiantava tentar fugir. Era certo que seria alvejado. A passos doloridos, aproximou-se da frente do salão, galgou os degraus do palco e se aproximou de Rato. De novo o pavor o invadiu, e começou a tremer.

118 TÉTRICOS E METÁLICOS

— Ficou bom? Agora toca — disse Rato, apontando para a bateria.

Fred não entendeu muito bem. Os pratos e a caixa tinham alguns respingos vermelhos. Notou que o surdo tivera seu couro removido, jogado ao chão, substituído por outro: um couro mais claro, cheio de sangue e pelos. De novo, sentiu suas costas repuxarem, como se estivessem queimadas, e levou as mãos até o dorso. Não era queimadura.

— Aarh! — ele bradou em pânico, olhando para as palmas das mãos ensanguentadas.

— Toca, baterista! Senta aí, toca pra mim!

— O que... o que você fez comigo?

— Toca! — insistiu, retirando a arma da cintura e apontando para ele.

Fred se sentou no banco, mas tremia tanto que não conseguia pegar as baquetas. Rato começou a rir, deliciando-se com o horror nos olhos do músico. Enfim, pegou o cigarro, apagou-o no chão e veio vagaroso em direção a ele.

— Vai se ferrar. Vai sangrar agora, filho da puta!

Apenas eles dois ouviram o estampido seco abafado pelo som das caixas.

Rato desceu e se afastou, guardando a arma na cintura, atrás da calça. Andou com calma até a saída, sem olhar para trás. Mandaria depois alguns capangas para limpar a sujeira. Não era a primeira vez. Depois que saíra, a música continuava ecoando nas caixas de som.

Fred, sozinho, apoiou-se no bumbo e estancou a barriga: a poça de sangue na palma denunciava a gravidade.

Não podia acontecer com ele, não com ele!

Pegou as baquetas e marcou de dedos carmim a madeira clara.

Sentiu que algo lhe fugia, e o mundo não era mais o mesmo. Inspirou e deixou a música seguir seu curso. Encontrou dentro de si uma força distinta que o fez tocar com gana, olhos embargados, porque estava cruzando uma linha da realidade ali, tinha consciência disso.

— É assim, amigo!

As baquetas rasgaram o couro. O couro sangrou. A cada batida, os respingos sujaram as paredes, mancharam mais ainda sua bermuda, pintaram seu rosto encharcado pelo suor e lágrimas consternadas, porque a vida não deveria acabar assim.

HEAVY METAL

O mundo se apresentava diferente e intenso. Os pratos sofreram mossas nas batidas finais. Fendido, vibrou o último *splash* batido com a força descomunal, acompanhado no ritmo do sacudir de sua cabeça.

O show acabou. Agora, sim, podia partir em paz.

FACA DE PÃO

O SONHO NÃO era fácil de interpretar, mas certamente era isso: trabalho novo naquele dia.

Ela se levantou e olhou com desgosto para o colchão deformado com lençol amarelo. Tinha dúvidas se ele tinha sido cinza ou branco antes. Branco, talvez.

Era quinta-feira, dia 12. Lembrou-se que adorava quando acontecia uma sexta-feira 13. Era só divertido, só isso. Não havia graça alguma, na verdade. Balançou a cabeça. Detestava aquele quartinho de paredes escuras. Precisava de algo maior, mais claro e arejado. Não adiantava mudar só a cortina da quitinete. Isso havia falhado. Precisava de mais dinheiro, precisava mudar de lugar e de vida.

No entanto, sua vida nunca mudava.

Estava cansada, quase ficando sem esperanças. Ainda assim, por mais que levasse murros da vida, ela sempre voltava o rosto e dizia "pode dar mais". Não conseguia tirar dinheiro daquilo, a capacidade que tinha desde criança. O dom. Talvez porque apenas agilizasse a forma como investigava seus casos. Não agregava valor ao seu serviço, e nunca entendeu o porquê. Era falta de sorte? Não tivera a oportunidade de ouro?

Tomou seu banho e calçou as botas de couro. Elas lhe davam um ar elegante. Era verão, não combinava com a época, mas sandália rasteira, não. Ficava avacalhada. As botas traziam-lhe um ar sério. Uma saia de linho bem passada, uma camisa de algodão alinhada, e as botas. Ficou de pé. Não havia espelho para se olhar de corpo inteiro, mas pousou como se houvesse. Os pés estavam incomodados.

Estavam trocadas de novo, pé esquerdo, pé direito. Sentou-se na cama dobrável e acertou as botas sob rangidos.

Só aguardou o telefone tocar. Não tinha pó de café. Comia biscoito maisena com um copo de água. Não tinha escritório: o serviço era virtual, não precisava de sede. Um site, um e-mail, um telefone. Tudo se resolvia assim.

Seria de manhã, sabia, e logo o telefone tocou. Era 9:34.

— Amanda Lage, bom dia. — Sua voz era bonita, soava educada e inteligente.

Do outro lado, a resposta demorou. Enfim chegou, hesitante:

— Oi, eu vi seu site aqui.

— Sim, pode falar.

— Você é detetive?

— Sim. Pode falar.

— Meu nome é Soraia. Estou precisando investigar uma coisa.

Não era caso de marido, nada de traição, Amanda sabia pelo que sonhara. Mas não ficara claro exatamente o objeto da investigação. Precisava ouvir tudo com atenção.

— Continue.

Soraia queria investigar a empregada. Nada de roubo de dinheiro, nem objeto desaparecido. Ela queria uma prova para demiti-la por justa causa.

Agora fazia sentido que a investigação fosse sobre a empregada. Sonhara com uma despensa desarrumada.

— E por que quer demiti-la?

— Ela sempre falta numa quinta-feira, e depois emenda sexta. Cada vez é um motivo diferente. Um dia é o siso doendo. Outro dia é a mãe que passou mal e teve que levá-la ao hospital. Outro dia ela está com dengue. É sempre uma quinta-feira por mês, e emenda sexta... Minto. Às vezes é na segunda, quando tem feriado na terça. Ou na quarta, quando quinta é feriado, e aí ela emenda a sexta de qualquer modo. Você não acha muita coincidência?

— De fato.

— Então... queria uma prova de que ela... sei lá... ou fica em casa, ou tem outro serviço mensal. Deve ser isso. Daí poderei demiti-la, por mentir pra mim.

— Ela lhe apresenta atestados médicos?

— Isso! Falsidade ideológica também... muitos atestados. Devem ser forjados!

— Preciso analisar esses atestados. Enfim...

A frase "analisar os atestados" fê-la sentir-se uma perita técnica. Durou pouco a sensação.

— Olha, o que me incomoda mais não é a falta em si — prosseguiu a mulher ao telefone. — Sei que as pessoas precisam às

FACA DE PÃO

vezes resolver problemas particulares. Eu compreendo. O que me incomoda é a mentira, me fazer de otária, entende?

Amanda demorou a responder. Pensava em seus três últimos clientes.

— Entendo. Acontece comigo o tempo todo.

Por fim, anotou o endereço e a referência. Maquiou-se diante do pedaço de espelho colado na parede. Passou o pente no cabelo e saiu.

Pegou o ônibus. De novo sentara-se no lado errado, e fazia a viagem pegando sol e suando. Acostumou-se, e depois de um tempo se distraiu. Logo, Amanda teve um sobressalto: conferiu o papel com a localização. O ponto de referência era o *Açougue Belizar,* um comércio fechado, com placa de *Passo o ponto.* Levantou-se de súbito e correu para dar o sinal. O ônibus parou com uma graciosa freada que quase a arremessou sobre o motor.

As botas faziam barulho sobre o chão de chapa metálica. Ela adorava isso. Fazia sentir-se bem, embora com axilas encharcadas. Ao chegar lá na frente, fulminou o motorista com um olhar.

— O senhor precisa fazer uma reciclagem. Não sabe dirigir com suavidade?

Desceu ruidosamente os degraus do coletivo. Ao pisar na calçada, olhou o papel amassado em suas mãos e procurou pelo número nos prédios. Avistou o edifício antigo com portão de ferro. Na fachada, os números em letras douradas desbotadas. Enfiou o papel amassado no bolso da blusa. Aproximou-se e encostou o rosto no gradil de ferro cinza ornamentado. Sentiu o cheiro de umidade da portaria sem funcionário. Um grande espelho com manchas de ferrugem, uma mesa pequena e uma cadeira rasgada. Um minúsculo banco de madeira velho, um tapete vermelho comido pelo tempo, um interruptor na parede — talvez o que abria a pesada e antiga porta.

Digitou o número do apartamento no interfone e não obteve resposta. Pegou o celular para ligar para o número de Soraia. Ela ligara de um fixo. Após nove toques, nova tentativa. Sem resposta. "Deve estar no banho", pensou.

Decidiu dar uma volta pelas lojas da rua movimentada. Após meia hora, ou mais que isso, retornou à portaria. Agora um senhor na casa dos setenta, com farto bigode e, por que não dizer, farta careca exposta, sentava-se atrás do domínio de sua mesa, tamborilando no tampo de madeira. Ao ver a elegante moça de

124   TÉTRICOS E METÁLICOS

botas olhando para dentro, ofereceu-lhe um pouco de sua boa educação.

— Pois não, moça? Alguma coisa?

— Ah, sim, a dona Soraia me espera. É 602, não é? Meu nome é Amanda.

— Um momentinho só. Pode entrar que eu vou ligar pra lá — disse enquanto apertava o interruptor para destrancar a porta.

Amanda equilibrou-se no banquinho de madeira, que quase se virou quando assentou ali seu traseiro. Pôs a bolsa no colo. Fitou por alguns momentos o branco bigode do homem. Não conseguia ver sua boca. Enfim, o bigode se mexeu quando ele lhe disse:

— Ninguém atende. Deve estar no banho.

— Bem, eu estive aqui há uns quarenta minutos e interfonei, liguei também... ela não respondeu. Será que saiu?

— Com certeza não, pois eu estava aqui quando ela voltou da padaria mais cedo, e daqui eu não saí... estava varrendo as escadas. Eu teria visto. Ela marcou com a senhora, foi?

— Marcou... Não tem elevador aqui?

— Seria tão bom que tivesse... não, não tem elevador.

— Bem, podemos ir lá bater na porta?

— A senhora é amiga dela, né?

— Bem... sim, sou. Ela está me esperando. Por isso... por isso estou até preocupada.

— Vamos lá então. A escada é por aqui.

Amanda lembrou-se, do quarto para o quinto andar, da promessa que fizera sobre voltar à academia para ter resistência física. Mas o dinheiro mal dava para manter a quitinete e se alimentar. A academia fora uma das primeiras despesas cortadas. Logo depois, o pó de café.

Cuspindo seus pulmões e sentindo certa inveja do porteiro — este parecia não ter sido afetado pelos cento e dois degraus —, ela manteve a boca fechada, respirando pelo nariz de forma intensa, tentando esconder que estava esbaforida. Suara sua blusa toda de novo.

O porteiro aproximou-se da porta como um perito encostando a orelha num grande cofre. Com cara séria, deu três batidas com o nó do dedo médio.

O homem deu mais três batidas. Amanda Lage observava a luz que vinha do olho mágico. Ninguém aparecera para ver quem tocava.

FACA DE PÃO

— Dona Soraia? — chamava ele. — Dona Soraia!

Ele ergueu as sobrancelhas e olhou de soslaio para Amanda.

— Quer tentar chamar?

— Soraia? Sou eu, Amanda Lage! Marcamos hoje!

As vozes deles ecoavam alto naquele vão à beira da escada. Amanda pegou seu celular e ligou. Aguardou apenas três toques. Uma porta rangeu atrás dos dois e emergiu um homem de camiseta e barriga exposta, com uma bermuda brim amarrotada, vasculhando os bolsos.

— Bom dia — disse ele. — Acho que perdi meu cigarro — continuou, com um sorriso de dentes amarelos.

— Opa, bom dia, seu Belizário — disse o porteiro sob seu bigode. — A gente está aqui um pouco preocupado com dona Soraia, que não atende. O senhor sabe dela?

— Eu acho que ela está em casa, eu vi quando ela chegou da padaria com um saco grande de pão, agora mais cedo, umas sete horas. E ela não saiu de novo, pois a porta dela é emperrada e sempre que ela sai faz um barulhão danado. Tão fru-fru, tão chique, e não manda consertar a porta, né? — e olhou para o porteiro buscando uma confirmação solidária ao seu comentário, mas este não deu bola à menção maldosa.

O vizinho então juntou-se à empreitada. Bateu e clamou por Soraia, sem resposta.

— Ela mora sozinha? — perguntou Amanda ao porteiro.

— Sozinha, sim. Sinceramente, não tenho telefone dela nem de ninguém da família, nem amigo, nem nada.

Enfim, Amanda pediu licença aos dois. Abriu a bolsa e pegou um delicado lenço bordado, que acomodou sobre a maçaneta. Colocou a mão e abriu a porta — estava destrancada, mas a porta era, de fato, emperrada, e precisou de um empurrãozinho para abrir-se por completo.

— Estranho que a porta esteja aberta — comentou ela. — Não toquem em nada.

Os três adentraram o apartamento. Amanda ia na frente, observando cada detalhe. Não pôde deixar de notar o quanto era bonito. Assoalho de madeira impecável, ambiente amplo, arejado, bem decorado. Um belo lavabo e uma abertura para a cozinha. A vantagem dos apartamentos antigos era o tamanho. Nada de portas de banheiro passando a dois milímetros da pia, nada de salas que mal acomodavam uma mesa de jantar, nada

126 TÉTRICOS E METÁLICOS

de quartos onde não cabiam armários. Havia tempos tivera que sair do seu antigo apartamento e passou a morar naquela triste e minúscula quitinete. Por milésimos de segundo, sentiu inveja de Soraia, que nem conhecia.

Piscou os olhos e saiu de seu breve devaneio, procurando pela mulher. Uma saleta muito clara, contígua ao salão principal, tinha uma enorme janela de vidro; abrigava um lindo ateliê. Lá havia a desordem criativa: várias telas sem moldura encostadas numa das paredes, e um belo quadro em andamento sobre o cavalete. Ao lado, uma mesa de madeira rústica com espátulas, pincéis, paletas, potes de tinta espalhados. Muito talento. A inveja durou mais um pouco desta vez. Talvez centésimos de segundo.

— Ela pinta — Amanda fez a óbvia pergunta num tom afirmativo, pois teria que parecer saber disso; afinal, identificara-se como "amiga". O porteiro assentiu, dizendo que era artista e vendia quadros.

Amanda continuou a observar o apartamento e o porteiro a seguia, meio abobado. O lenço sobre a maçaneta o assustara. Tinha a ver com digitais, e digitais tinham a ver com crimes. A coisa mudara de figura.

Amanda parou na porta da cozinha e a analisou por bom momento. Foi até a pia e tocou, pensativa, num pano dobrado que havia ali. Depois, procuraram pelos quartos, banheiros, varanda. Nada de Soraia.

— E a empregada? O senhor tem o telefone dela? — arguiu Amanda.

— A empregada! Eu não tenho o telefone dela não, ela vem às terças e sextas. Quem sabe amanhã a gente pega mais informações?

— Amanhã é muito tempo. Só duas vezes por semana? — disse ela, com estranhamento.

Os homens ainda tentavam entender o comentário quando Amanda andou resoluta de volta em direção à cozinha. As botas faziam barulho.

— Tem despensa aqui nestes apartamentos? — perguntava ela a passos largos.

— Tem sim, um quartinho de empregada e despensa. — Corria o porteiro atrás dela, acompanhado do vizinho.

Amanda estava estanque diante da porta do pequeno depósito. Ao chegar logo atrás, o porteiro deu um grito, levando a mão

FACA DE PÃO 127

à boca, olhos arregalados.

— Minha nos-nossa! — O bigode dele tremia. — O que é que aconteceu aqui, o que é que aconteceu aqui, minha Nos-

— Pra trás, e repito, não toquem em nada — disse Amanda, com frieza profissional, sentindo-se, num breve relance, com um caso importante a resolver. O delírio durou milésimos de segundo. Caiu na real: não poderia resolver nada ali. No máximo seria uma testemunha. Belizário, que estava atrás do porteiro, esbugalhou olhos marejados. Amanda percebeu que o porteiro estava transtornado, e notou a calça encharcada do pobre homem.

Agora ela entendia alguns flashes do seu sonho. Potes de tinta, muitos potes de tinta num suporte cromado. Latas de embutidos, ervilha e pacotes de macarrão caídos no chão. Prateleiras quebradas. Tinta vermelha sobre os produtos alimentícios. Isso tudo fazia sentido. Era claro e nítido. Nunca sonhara de forma tão reveladora. E enfim... não era tinta vermelha.

Os ganchos de metal pendiam no teto. Sete ganchos. Um com uma peça de queijo provolone inteira. Dois deles com as pernas, outros dois com braços, um com o tronco, outro fincando a cabeça pelo globo ocular. Era deste que pingava mais sangue. A poça vermelha já avançava para a cozinha. Num outro flash do seu sonho, lembrou-se da imagem de uma faca de pão, mas, sinceramente, não acreditava que uma pequena faca de pão fosse eficaz para decepar um corpo.

Tendo cuidado para não sujar a bota, Amanda procurou com os olhos por algum facão ou ferramenta usada para aquela carnificina. Não parecia estar por ali.

O porteiro permanecia de olhos estatelados. Confirmou que era a cabeça de Soraia, quando Amanda lhe perguntou tentando fazer parecer que a reconhecera.

— Precisamos chamar a polícia já — afirmou Amanda, lamentando estar envolvida naquele cenário esdrúxulo. De forma compulsória, ganhara o papel de testemunha e dele não poderia fugir.

Preferiram aguardar na portaria a chegada da polícia.

Uma equipe de policiais militares chegou para isolar o local. Avisaram que a equipe da Homicídios estava a caminho.

Quando a Polícia Civil e a equipe de Polícia Técnica chegaram, os três subiram novamente — e isso foi exaustivo para Amanda, que precisou fazer uma parada entre o terceiro e o quarto andar. A blusa encharcada de novo.

128 TÉTRICOS E METÁLICOS

Enquanto os peritos começavam o trabalho na despensa, um dos investigadores analisava todo o apartamento. O delegado e um outro técnico conversavam com o porteiro e o vizinho, e olharam para Amanda. Em seguida, dirigiram-se a ela.

— Delegado Marcus Vinícius. — Ele estendeu a mão. Era um homem baixo e forte, de olhar tranquilo, e toda a seriedade da profissão estava estampada em sua expressão inteligente. Homem bem-vestido. Amanda imaginou o que ele pensaria dela, com aquela roupa suada que já devia estar em desalinho. Ela estendeu seu braço de forma resoluta para cumprimentá-lo. Mas tremia um pouco. Com um sorriso, ele prosseguiu:

— A senhora é a Amanda. Amanda de quê?

— Amanda Lage — disse, percebendo uma mulher de *scarpin* que dela se aproximara. Devia ser a escrivã, pelo caderno em mãos. A mulher olhava para suas botas.

— Era amiga dela, então? — continuou o delegado Marcus.

Foram frações de segundo que se passaram naquela eternidade em que parecia demorar a responder. Amanda refletiu sobre várias coisas. Uma amiga estaria em prantos naquele momento. Iria permanecer naquela mentira que seria rastreada pela polícia e a colocaria em maus lençóis? Ou admitiria que enganara o porteiro somente para subir? O fato de ter mentido a colocaria como suspeita ou, ao contrário, faria parecer que era sincera e queria colaborar com a polícia? Precisava demonstrar seriedade e firmeza, pois cada coisa que acontecesse dali para frente teria implicações importantes. A escrivã continuava olhando para suas botas.

— Eu gosto — foi o que conseguiu dizer em meio à tensão daquele momento. Imediatamente percebeu que aquilo soara estranho.

— Sra. Amanda — disse o delegado, perspicaz, percebendo que ela se incomodara com o olhar da escrivã. — A vítima era sua amiga?

— Preciso lhe dizer... não, na verdade. Eu disse isso ao porteiro pra poupar constrangimentos sobre o real motivo de minha visita — Amanda revelou, aliviada pois soou bastante verossímil e factível. Afinal, era a verdade.

O delegado Marcus levantou as sobrancelhas e os olhos da investigadora brilharam, aguardando o que Amanda iria dizer sobre o real motivo da visita.

FACA DE PÃO

— Eu sou detetive — enfim contou Amanda.

A escrivã virou a página do caderno e anotou coisa o bastante — a Amanda pareceu ter anotado mais do que ela lhe falara. Talvez tivesse escrito sobre suas botas e o estado em que estava sua blusa — e o delegado permaneceu mudo, esperando o restante do que Amanda tinha a dizer.

— Recebi a ligação de Soraia hoje pela manhã. Era por volta de 9:30 — disse o horário olhando para a escrivã, como se a estivesse orientando, pois sabia que era um detalhe importante a anotar. — Ela se identificou e me disse que precisava investigar a empregada dela, pois queria demitir a mulher por justa causa. Parece que ela faltava muito, inventando desculpas. Ela queria que eu flagrasse a mulher numa mentira num dia de falta, pra ter a prova necessária. Se bem que o principal, pelo que percebi, é que ela não queria fazer papel de otária e pretendia desmascará-la. Então anotei o endereço, me arrumei e vim pra cá. Quando cheguei o porteiro não estava na portaria, então interfonei, sem resposta. Até liguei também. Achei que ela deveria estar no banheiro, tomando banho ou sei lá... nisso, dei uma voltinha pelas lojas e retornei. O porteiro já estava quando voltei. Eu avisei que tinha marcado com ela e que achava estranho ela não estar em casa. Acho que o porteiro me perguntou se eu era amiga, e eu concordei só pra gente poder subir. Sabe, o interfone poderia estar com defeito, enfim, eu só queria ser atendida.

— A senhora colocou o lenço na maçaneta pra entrar. Por quê? — perguntou Marcus.

Isso alfinetou Amanda lá no recanto do cérebro que dizia "Você precisa parecer honesta. Eles estão desconfiando de você".

— Sou detetive — disse mais uma vez, como se isso explicasse a precaução que tivera. — Estávamos chamando há bastante tempo. Até liguei pra ela. Comecei a achar estranho. Algo me disse que deveria ter cautela pra entrar. É coisa da profissão. O senhor deve entender.

— Pode me mostrar seu telefone? A ligação?

Amanda rapidamente pegou o celular e mostrou ao delegado a ligação recebida às 9:34, de um número fixo; outra feita às 10:24, e mais uma às 11:05, a que fizera à porta do apartamento.

O delegado olhou para a escrivã e lhe falou com um olhar para ligar para o número indicado. A policial telefonou, mas não houve toque no aparelho fixo. Nova tentativa, e nada.

130 TÉTRICOS E METÁLICOS

— Bernardo — disse o delegado para o perito —, verifique se este aparelho está com defeito, e descubram o número desta linha. Cheque também esse número que ligamos.

"Será que a ligação que recebi não veio dali?", Amanda pensou. "Quem sabe nem foi a Soraia que me ligou... Ou pior, quem sabe a mulher que ligou é a assassina!"

Enquanto eles analisavam tudo com olhares intrigados, o investigador veio num salto trazer novidades para o delegado.

— Senhor? O telefone pro qual ligaram não é daqui. Aqui é outro número — disse.

Marcus olhou para Amanda.

— Sra. Amanda, quando veio pra cá, anotou o endereço em algum lugar? Pode me mostrar?

Amanda estendeu o papel amassado que guardara no bolso da camisa. O delegado vestiu as luvas antes de pegar o papel e o leu em voz alta:

— "Rua Emengarda, 196, apartamento 602. Comércio fechado, passo o ponto, Açougue Belizar, dar sinal. Prédio antigo com portão de ferro quase em frente ao ponto de ônibus. Soraia, empregada falta." — A escrivã anotava tudo. O delegado entregou o papel a um dos peritos para foto. — Sra. Amanda, a senhora sabe que estamos no prédio 96, e não 196?

Amanda estacou de boca aberta, expressão de estúpida, e o investigador se aproximou com tablet em mãos.

— Senhor, confirmado. O telefone para o qual ligaram é de Soraia Silveira, rua Emengarda, 196, apartamento 602.

Marcus olhou para Amanda, sorrindo.

— Essa Soraia Silveira é sua verdadeira cliente. Soraia errada, sra. Amanda.

***

A escrivã anotava tudo. Àquela altura, o ruído da caneta sobre o caderno já irritava Amanda. Marcus chamou-a até a cozinha.

Amanda refletia. Como havia entrado no prédio errado? Julgara rápido pelo aspecto da portaria e por estar quase em frente ao ponto do ônibus? Seus olhos a enganaram numa leitura rápida dos números desgastados? Lembrou-se do dia em que sonhara com uma numeração de casa e cometeu uma tremenda gafe adentrando numa residência errada em horário totalmente impróprio.

FACA DE PÃO 131

Ao menos, naquela ocasião, o erro havia sido frutífero porque acabara, com a confusão, elucidando um caso de adultério.

Amanda olhou para Marcus circundando a mesa e observando todos os detalhes no recinto, com as mãos atrás do corpo. Ela já analisara antes a cozinha. Segundo o vizinho, ela chegou com um saco de pão grande. Ela notara que no chão havia farelos de pão, o saco estava amassado num canto; a louça fora lavada — não havia xícaras sobre a mesa, na cafeteira elétrica havia um resto de café e um pano úmido pousava sobre a pia. Que alguém havia comido ali, era claro. Ou Soraia gostava muito de pão e comera uma bisnaga inteira, ou mais pessoas haviam tomado café com ela.

— Você também percebeu, não? — disse o delegado.

— Alguém comeu com ela aqui. Tomaram café juntos? — Amanda deixou escapulir, quase sentindo-se parte da equipe de investigadores, mas ficou subitamente muda, com receio que qualquer palavra naquele momento a pusesse em situação pior.

— No meu sonho, uma pessoa tomava café nesta cozinha. Não era muito claro. Também vi um açougue. Infeliz relação com o estado em que a vítima foi encontrada. E você, sonhou com o quê?

As palavras do delegado Marcus Vinícius foram um baque. Uma tremenda surpresa para Amanda.

Ele a fitava com olhos argutos, aguardando sua reação — sabia que ficaria surpresa com o comentário inusitado: "sonhar com o crime". Ele não parecia estar fazendo alguma espécie de jogo... afinal, de onde tiraria aquela história de sonho se não fosse algo verdadeiro? Ainda muda, Amanda ouviu-o continuar.

— No meu sonho, vi também suas botas. Não fique assustada, pois sei que não foi você. Mas não está aqui por acaso. Eu sei por que está aqui. Então, me conte, com o que sonhou?

Era certo que ele tinha um conhecimento especial sobre o dom de Amanda. Aliás, dom que ele também parecia ter. Ela descreveu seu sonho confuso, falou sobre os potes de tinta, as prateleiras quebradas, as latas, o macarrão, a faca de pão. Sentiu na conversa uma ligação forte com o delegado. Enfim, podia falar abertamente com alguém sobre aquelas coisas com as quais convivera toda a vida e que, ditas a qualquer um, levantariam suspeita de loucura.

— Você só precisa de aprimoramento — disse ele. — Agora encontrou o caminho correto a seguir. Esse é o destino que temos. Seja bem-vinda.

132 TÉTRICOS E METÁLICOS

Ainda processando aquelas palavras, ouviu uma gritaria vinda da sala. Saiu rápido pela porta da cozinha e foi atropelada por Belizário, que trombou em sua direção com expressão transtornada, arremessando-a ao chão. Ela viu em sua mão a faca de serra. Uma faca de pão.

Sentiu três estocadas: em seu ombro, perto do pescoço, uma no abdômen. Via a baba na boca doentia de Belizário, que grunhia "não me humilhe" e outras palavras desconexas sob olhos vitrificados. Ele era pesado. Sentiu quando quatro homens o ergueram, retirando-o de cima dela, e viu Marcus imobilizando o agressor sob névoa. Tudo começou a ficar escuro. Não ouviu mais nada.

***

Estava numa cama ou maca. A primeira coisa que fez foi olhar para seus pés descalços, despontando do outro lado do lençol. Balançou-os. O esmalte da unha... esquecera-se de remover. Como ficava feia a unha do dedão com o esmalte vermelho descascado. Pessoas mortas tinham esmalte nas unhas? Estava viva? A luz da janela incomodava. Ouvia alguém chamar seu nome. Confusa, olhou para o homem. Era o delegado.

— Como se sente? — dizia ele enquanto apertava a sineta eletrônica para chamar as enfermeiras, olhando para a porta.

— O que foi aquilo? — Amanda balbuciou com voz rouca.

— A Soraia... ela não tomou café naquela manhã. A necropsia confirmou. Então não era ela no meu sonho. Era ele. E sabe em que ele trabalhava?

— Você também tem revelações em sonhos... O que mais sabe sobre isso? Como soube que eu também sou assim?

Ele apenas lhe sorriu e balançou a cabeça.

— Isso é assunto pra outra hora.

Amanda pegou-se reparando em como a camisa dele era impecavelmente engomada e cheirosa. Percebeu que Marcus esperava que falasse. Ela prosseguiu:

— Tive outro sonho, como o seu... o açougue que viu, o açougue fechado do ponto de ônibus... ele era o açougueiro? — perguntou Amanda.

— Sim, era. O homem teve um surto. Está no hospital psiquiátrico.

FACA DE PÃO

— Mas não entendo. E a outra Soraia?

— Ajustes do universo, Amanda. Você precisava chegar ao homem transtornado, aquele louco. De qualquer forma, tudo convergiu pra que nos encontrássemos. Não foi coincidência. Descanse. Quando se recuperar, precisaremos conversar sobre o dom. Preciso te apresentar os demais. Com eles foi parecido. Também houve "coincidências" assim.

— Me diga que aquela escrivã chata não faz parte desse... grupo!

— Não. — Ele gargalhou. — Ela não faz parte.

Amanda inspirou, fechando os olhos. Era bom saber que sua vida poderia mudar a partir de agora. Saber que talvez encontrasse seu rumo. Sentir aquele cheiro de roupa limpa.

Olhos observadores sumiram da abertura de vidro. No corredor do hospital, ecoou o toc-toc de *scarpins* rumo à saída.

CAIXA DE VIDRO

ESTOU MORTO AGORA, quando me lês, mas isso não impede que te conte os fatos que vivi há muitas décadas.

Minha alcunha é Affonso Colares. Fiz faculdade de direito na capital e tinha por amigo e quase irmão Bernardo Soares da Cunha, que foi estudante de medicina à mesma época em que eu frequentava a universidade. No entanto, nossa amizade vinha de antes, pois que éramos amigos de infância.

Desde muito pequeno, Bernardo — corpo longilíneo e franzino — era ávido por livros que seu pai lhe comprava, e por visitas à biblioteca da cidade, onde exercia seu gosto eclético, de anatomia até história antiga e mitologia. Demonstrou sempre ser dotado de grande inteligência.

Passamos os doces anos de criança juntos, o que fortaleceu os laços que nos uniram na vida adulta, e, quando adolescentes, costumávamos reunir-nos com outros jovens em uma casa abandonada no final de uma rua sem saída. Era um imóvel tomado por mato, teias de aranha e aura funesta, com dobradiças doloridas, assoalho rangido e janelas opacas e partidas pelo pesar dos anos. Por óbvio, preferíamos não fazer tais encontros à noite, embora gostássemos de contar histórias de terror nesses encontros, seu principal propósito. Bastava-nos a lamparina para iluminar os cantos mais escuros, o suspense das palavras e o medo que nos deixava atentos, mesmo em plena tarde, com o sol ainda a invadir as janelas quebradas.

Ocorre que, em certo dia, apenas eu e Bernardo comparecemos à reunião. Estando livres para conversas mais particulares sobre nossas opiniões políticas pueris e moças, não sentimos o tempo passar e, ao dar-nos cabo da hora, percebemos que já era noite. Estávamos sentados em cadeiras velhas, em frente a uma mesa torta e com tampo fendido, ao lado da lareira. A parede tinha marcas de um quadro removido que preservara o revestimento atrás de si, e sobre a lareira repousavam alguns artefatos quebrados, ornados de grossa poeira. Sempre achei o silêncio dos objetos abandonados, carregados de histórias desconhecidas e ocultas para todo o sempre, algo tão melancólico.

Bernardo tinha gosto natural por assuntos macabros e, do grupo, era o melhor contador de histórias. O prazer de Bernardo em narrar temas de anatomia era quase repugnante. Tal assunto predominava nos detalhes de suas histórias e, ao que parecia, também nas escolhas de vida. Àquela noite, senti nele o que pensava ser uma satisfação evidente em encontrar-me incomodado ao constatar o avançar da hora. Pois bem, foi naquela hora bem escolhida que ele me fez a proposta do pacto.

— Estou para ter uma conversa contigo há tempos, Affonso. Sabes que, de todos, considero-te meu melhor e mais fiel amigo. Confio plenamente em ti. Queria te dizer sobre um escrito antigo que encontrei na biblioteca da cidade, e do qual fiz cópia. Um ritual que me deixou muito curioso e, pelo que soube, já foi usado por nobres homens com êxito.

— Tu brincas comigo — respondi-lhe, tentando parecer indiferente à tentativa de me assustar.

— Não, é verdade. Há muito venho me preparando, para que não me aches bizarro ou me entendas mal. Hoje será o melhor momento para falarmos disto. Não queria que ninguém ouvisse, e ainda estou vivo, então, nunca se sabe se terei outra oportunidade de lho pedir.

De princípio, achei que Bernardo exagerava, pois éramos rapazotes e saudáveis, não havia por que apressar qualquer pedido ou revelação vital e urgente. Desconfiei que ele se aproveitava do meu medo noturno para tocar em assunto tão lúgubre, mas ao mesmo tempo percebia nele um olhar puro de sinceridade. A seriedade no seu tom de voz revelava que a proposta era coisa fraternal e séria, já planejada previamente.

— Preciso que me ajudes a ter *visão eterna* — ele assim me falou, sem que houvesse em seu rosto qualquer esboço de troça.

Permaneci em silêncio, com rosto impassível, aguardando que esclarecesse o significado de tal frase. Ele prosseguiu:

— Eu li com total atenção, e várias vezes, o antigo manuscrito transcrito em um livro pouco procurado da biblioteca. Estou estudando esse livro há algum tempo. Há um ritual egípcio muito, muito antigo, que era realizado por uma classe secreta

CAIXA DE VIDRO

137

formada por alguns sacerdotes e escribas. Eles mantiveram por anos um ritual que depois ficou perdido na história e no tempo, mas foi resgatado pela aristocracia inglesa após descobertas arqueológicas. Uma congregação muito seleta dominou esse ritual durante o século XVIII e o manteve em segredo, até que esse historiador descobriu os textos e os traduziu em seu livro. — Ele fez uma pausa solene e concluiu: — É um ritual que concede a visão eterna depois da morte.

Percebendo minha expressão de absoluta incompreensão, ele continuou, empolgado em compartilhar os detalhes tão bem estudados.

— É a garantia de que não iremos viver na escuridão, no vazio absoluto e sem tempo. Que permaneceremos vendo este mundo, observando os que vivem, nossas famílias, amigos, e sentindo a felicidade de estar entre eles em vez de afundarmos no hiato etéreo e sem luz da não existência após a morte.

— Não crês no céu, ou purgatório, o que seja?

— Não creio, meu amigo. A única forma de ter algum tipo de vida preservada é realizando o ritual que estou para narrar-te.

Assim, dentro de sua convicção em aderir àquela espécie de "seita", Bernardo ajeitou-se na cadeira, tomando coragem para explicar em que consistia o pacto e o tal procedimento, já antecipando o incômodo que eu teria em ouvir os detalhes do que iria contar-me. Ouvi tudo com atenção e certo espasmo na face, novamente passeando pela minha cabeça a ideia de tratar-se de uma mofa, tão absurda a ideia descrita.

Explicados os procedimentos, ele mostrou-me os versos copiados em um papel dobrado, orientando-me sobre como os deveria proferir no ritual *post mortem*. Quis selar o pacto naquela noite, e um senso de urgência o dominava, acredito que por ter medo de que eu pudesse mudar de ideia depois.

— Então, Affonso, selas este pacto comigo? Quem morrer primeiro ficará responsável em realizar o procedimento no outro, um dia depois do funeral.

— Um crime. Isso é um crime. Quem de nós vier a fazê-lo, poderá ser preso. É proibido mexer em túmulos!

— Bem sabes que minha família tem um mausoléu. Dar-te-ei uma cópia da chave, e, se lá entrares, terás privacidade para realizar a faina. Quanto a mim, correrei os riscos por ti, no teu túmulo, caso morras primeiro.

138 TÉTRICOS E METÁLICOS

O assunto era desagradável. Tratar dessas hipóteses naquela noite deixou-me entristecido por alguns dias. Sentia-me vigiado, imaginando se espíritos poderiam estar olhando para mim o tempo todo, contaminado que fiquei pelo teor nefasto da conversa. Enfim, o pacto estava selado e nem sei por que, àquela época, concordei em incluir-me como beneficiário, como se fosse um bom pagamento o compromisso de receber tratamento igual caso partisse antes. Queria ter-lhe dito que faria tudo de graça, sem precisar de qualquer garantia.

Quando adulto, já quase havia me esquecido do assunto, pois nunca mais tratamos dessa questão de forma aberta e clara, embora me assombrasse vez ou outra com a sensação de estar sendo observado, medo que se implantou de forma silenciosa em mim desde aquele dia. Bernardo ficou noivo e esperava formar-se para então realizar seu casamento.

Em certa época, ele não vinha comparecendo às aulas na universidade, e assim passaram-se duas semanas. Eu acreditava que ele havia sido acometido de um mal-estar de alguns dias, e achei por bem visitá-lo em sua residência.

Encontrei-o cuidado pela mãe, com quem morava — àquela altura, o pai já falecera —, deitado na cama, onde um distinto médico acabara de prestar-lhe consulta. Tão logo me viu, Bernardo encheu os olhos de lágrimas e pediu que eu me aproximasse. A mãe dele acompanhou o médico até a saída, e pudemos conversar a sós.

— Affonso, enfim apareceste! Preciso que pegue ali, na minha escrivaninha, a caixa de vidro, bem sabes para que ela serve!

Ainda sem compreender plenamente o que ele queria dizer, ouvi-o continuar, pois ele nem me dera tempo de perguntar o que estava acontecendo.

— Não te contei antes para não te preocupar, mas há cerca de dois meses meu estado de saúde tem se tornado deplorável. O médico me disse que tenho poucas semanas de vida. Terei que desfazer meu noivado com Clara. Minha vida acabou! — Ele começou a soluçar, apoiando a cabeça sobre meu braço. — Eu nem consegui me formar médico, vou partir deste mundo!

— Que houve? Tens certeza? O que tens? Por que não me contaste nada antes? É posição definitiva do médico?

— Sim, já foi confirmado por três médicos. É irremediável. Não vês o estado em que estou? Não percebes como emagreci?

CAIXA DE VIDRO 139

Tentei disfarçar ao máximo, mas nestes últimos dias minhas forças se esvaíram de vez. Estou tomado pela coisa mortal que me devora de forma impiedosa. Esta doença, a mesma que levou meu pai! Ao menos ele chegou à idade madura!

Chorei por um tempo, abraçado a Bernardo, sem acreditar no que ele me dizia. Ele então retornou ao assunto da caixinha de vidro, que eu já esquecera, tomado pela triste revelação.

— Vá à estante, pegue, fique com a caixa de vidro, pois poderá não ter outra oportunidade de entrar aqui sem levantar desconfianças. Eu pretendia dar-lhe esta caixa quando fosse mais velho. Não podia imaginar que teria que entregá-la assim, nestas condições, e tão jovem!

Ainda confuso, peguei a caixinha onde ele me indicara. Uma caixa com uns doze centímetros em largura, com cantoneiras metálicas, contendo uma pequena bandeja, também de metal, bem ajustada em seu interior. Enquanto caminhava de volta à cadeira ao lado da cama, lembrei que ele se referia ao pacto que fizéramos quando rapazotes. Se arrependimento fosse um sentimento visível aos olhos, e se Bernardo, moribundo, estivesse em melhor estado para constatá-lo em mim, certamente teria percebido, sobre seu leito, a feição atônita de alguém aprisionado a uma promessa, beirando o pânico diante da iminência de missão tão terrificante.

Dentro da caixinha, aquele papel dobrado. Continha as frases que eu deveria evocar no ritual. Guardei o papel no bolso, separado da caixa. Lembrei-me dos detalhes que ele me descrevera havia tantos anos, tênues imagens que tomavam contornos de realidade indesejada, que eu queria a todo custo manter longe de minha atribuição. Mas eu não poderia trair a confiança que depositara em mim, nunca, nunca poderia fazer isso.

Nunca poderia.

***

A chuva de gotas grossas atingia os ombros de meu sobretudo. Um cavalete de madeira dobrável e um saco com poucas ferramentas que eu trouxera foi deixado na parte do fundo, e ninguém vira. Eu conjecturei por muitas vezes, naquele dia, sobre a visão eterna. Estamos sendo observados todo o tempo por espíritos? Há entes que já viveram conosco e agora pairam por aí bisbilhotando as nossas vidas? Somente aqueles sobre os quais realizaram o

140 TÉTRICOS E METÁLICOS

ritual receberam esse dom após a vida? No fundo, não fazia sentido para mim. As dúvidas me incomodavam, como fizeram nos dias que sucederam à conversa do pacto no casarão velho.

A chuva apertou, trazendo-me de volta ao presente. Ali, à porta do mausoléu, despedia-me do amado amigo, sem ter coragem de juntar-me àqueles que lhe prestavam a última homenagem mais de perto. Clara chorava copiosamente, mas, de todos, o sofrimento que mais me abalava era o de sua mãe. Observava-os. Minha distância era talvez uma vergonha antecipada, um remorso precoce, um constrangimento diante de sua família, que sequer pensaria na missão que eu teria que cumprir na noite seguinte.

***

Eu havia entrado no cemitério às dezesseis horas, andando pesaroso por dentre túmulos e árvores, atentando-me aos detalhes como se aquilo afastasse o pensamento sobre meu encargo. Porém, ao contrário, apenas me aproximavam dele: minha cabeça repetia a cena várias vezes, antecipando-me do terror que eu viveria. Àquela altura, não sabia se teria estômago e coragem para realizar o feito tão detalhadamente explicado por Bernardo. Mas estava convicto de que deveria fazê-lo, e a hora estava chegando. O cavalete jazia no mesmo local em que eu o deixara no dia anterior. Vasculhei o bolso à procura da chave e minha mão passou pela caixa de vidro. Pensar nela fez meu coração desalinhar-se do ritmo. Suspirei para afastar o aperto no peito. Peguei as ferramentas e cavalete dobrável apoiado à parede de pedras rústicas e aguardei o momento apropriado para entrar com discrição no mausoléu. Ali dentro precisaria esperar a meia-noite.

Acendi as lamparinas internas, apoiei o cantil com água no chão. Com talhadeira e martelo, em movimentos curtos, cuidadosos, removi a argamassa ainda farelenta e úmida que selava a gaveta. Fiz bem rápido essa parte do trabalho. Ainda tinha algum tempo pela frente. Precisava esperar. As horas que passei ali serviram-me de tortura, pois, além da sensação de ser observado, meus pensamentos estavam presos a uma melancolia sobre a minha infância e adolescência, os momentos mais importantes de minha vida, que passei junto a Bernardo. Em que circunstância me encontrava! Em que estado lamentável, em que situação meu melhor amigo havia me metido! Na cama, repetira-me em

CAIXA DE VIDRO

sussurros os detalhes de como tudo deveria ser feito. Quase o odiei por isso, mas a imagem suplicante, rosto fundo e esverdeado, gerou-me um sentimento de pena e solidariedade, o sentimento de lealdade profunda. Peguei o relógio em meu bolso. A hora se aproximava. Era o momento de cuidar da remoção do caixão.

Retirei o tampo que selava a abertura e o deixei em pé numa das paredes. Posicionei o cavalete armado em frente à gaveta de onde puxaria o madeiro fúnebre. Arrastei o caixão apenas o suficiente para deixá-lo apoiado ali, permitindo a abertura da parte superior, que dava acesso ao tronco e à cabeça. Naquele momento, eu havia cruzado uma linha entre o pânico e a determinação. A execução da tarefa era então irrefreável. Tornei-me metódico, mantive meu pensamento arrimado em uma superficialidade extrema, focada no procedimento, sem permitir que nenhuma reflexão se impusesse entre mim e a incumbência que cumpriria. Não fosse assim, decerto não teria conseguido.

Coloquei as mãos no bolso e saquei a caixinha e o canivete, apoiando-os sobre as flores frescas que havia em seu peito. Abri com delicadeza a pálpebra fria de Bernardo. A pele frágil resistia, como se agora estivesse arrependido de ter me pedido aquilo, porém era apenas a rigidez que já se assentava sobre ele. Segurando a pálpebra com o indicador e o polegar, armei o canivete e fiz o corte do pequeno tendão no canto externo do olho. A lâmina afiada cortou-o com facilidade, e em seguida a pálpebra ficou mole, sem tensão alguma, exibindo a lateral do globo ocular. Levantando um pouco o globo, enfiei, meticuloso, o canivete na parte posterior da massa branca gelatinosa, raspando as finas peles conjuntivas. Empurrei um pouco para cima. Com precisão, seccionei os músculos que estavam presos em vários pontos. Não pensava em nada, e esforçava-me para manter-me assim. Somente executava o procedimento que ele me ensinou. Com três dedos, segurei o olho e o puxei um pouco para fora da órbita, até ver o nervo ocular, e o cortei também. Algumas camadas de tecido ainda se apegavam ao globo, mas, com os dedos, girando a esfera carnosa, pude facilmente concluir a remoção.

O primeiro olho sujou-me um pouco, pois junto vieram pedaços das peles ainda viscosas de fluídos e sangue de cor escura, quase azulada. Coloquei-o na caixinha de vidro, apoiado em uma das concavidades da pequena bandeja metálica. Ele girou e ficou voltado para mim, como se já iniciasse sua nova vida de plena

142 TÉTRICOS E METÁLICOS

visão, observando-me na triste tarefa que executava. Confesso que o fitei por alguns segundos, sobressaltado, e dali em diante fiquei um pouco abalado. Com muita dificuldade removi o outro olho e o coloquei ao lado de seu par, envolvendo a caixa com um veludo vermelho que trouxera no bolso.

Arrumei as pálpebras de Bernardo como pude, porém ele ficou com aspecto horrível nas órbitas fundas. Não havia o que eu pudesse fazer. Fechei o caixão, recoloquei-o na gaveta. Cansado, selei o tampo de volta, com argamassa umedecida pelo que restara da água do cantil.

Limpei-me com um lenço e apaguei as lamparinas. Saí do mausoléu e abandonei o cavalete e as ferramentas em um local aos fundos. Não queria pular muro e ser pego, isso seria expor-me a grande risco: não havia como explicar dois olhos dentro de uma caixa de vidro. Como planejei, entrei novamente na construção fúnebre e me tranquei ali, pois teria que esperar amanhecer para sair do cemitério como se fosse um visitante comum, misturado a outros que viessem lamuriar suas tristezas.

***

Um dia depois, estava eu indo até o ponto mais alto de nossa cidade natal. Deveria procurar perto do cume o local exato, colocar a caixa de vidro, acender três velas e recitar os versos que ele transcrevera no papel. Eu já havia lido em minha cabeça tantas vezes que conseguiria proferir a evocação de cor.

A montanha situada em local afastado, depois da área rural da cidade, era de fácil localização, pois ficava depois da fazenda onde morava o cuteleiro, perto de duas cachoeiras. Seguindo pelo vale, logo chegava-se ao sopé e, com um cajado como apoio, consegui galgar a subida. Levou quase uma hora até achar o ponto. Já visitáramos a montanha várias vezes quando crianças e ficávamos dentro de uma caverna — era o que eu achava quando menino, mas não era nada mais que uma reentrância pouco profunda — na face oeste. O local exato. O local escolhido era ali.

Depositei a caixa coberta de veludo sobre uma rocha plana que antes servia-nos de mesa de carteado. Removi os cantos do tecido, revelando o conteúdo macabro. Coloquei os círios em três pontos e os acendi. Posicionei-me ao lado direito da caixa de vidro e dei início ao ritual.

CAIXA DE VIDRO

Terminada a evocação, a caixa de vidro tremia sobre a rocha, vibrava a ponto de eu achar que poderia cair, colocando a mão perto para ampará-la. Depois, estacionou. Os dois globos se posicionaram com suas córneas alinhadas viradas em direção ao sol poente. Embora opacas, havia certo brilho nelas. Em seguida, vagarosamente se viraram para mim. Se da primeira vez, no mausoléu, julguei ter sido uma macabra coincidência o movimento do olho em minha direção, dessa vez, sob arrepio em minhas costas, constatei que se tratava de algo orientado, despertado pelo ritual, não sei se com o espírito de Bernardo ou alguma força que não podia nem queria reconhecer. O fato é que as córneas opacas me olhavam, e eu dei um grito e passos para trás, quase desequilibrando-me na beira do abismo. Abandonei a reentrância — a missão estava cumprida — e desci o mais rápido que pude, com a sensação de que alguém estava atrás de mim, observando-me.

Não preciso dizer que tal experiência marcou minha vida e fez-me um profundo mal, mas os anos se passaram e consegui superar aqueles sentimentos funestos e aflitivos que me atormentaram por vários meses.

Sim, eu tudo superei.

Tive a graça de envelhecer. Confesso, no entanto, que em vida nunca tive coragem de retornar àquela montanha. Décadas depois, o progresso chegou. O monte foi dinamitado para dar lugar a uma estrada. Hoje, passam por ali viadutos e há farto comércio e o que chamam de "edifícios" nas adjacências. Descobri, depois de morrer, que fizera eu muito bem em não exigir igual tratamento, agradecendo a sorte de ter sido Bernardo a morrer primeiro que eu e livrando-me de tal procedimento horrendo. Agora, eu, depois de morto, e tendo sido enterrado da forma como todos são, sei claramente que não é daquela forma que se vive a eternidade.

Agradeço tua atenta leitura. Não te contei antes — e peço desculpas antecipadas se isto te causar algum desconforto —, mas não imaginas que estou te observando, bem agora, neste momento em que visitas esta história. Não te assustes, não pretendo fazer-te mal, nem descobrirás de onde estou te contemplando, embora o possas imaginar. Tão logo feches o livro, terei desaparecido para ti, o que lamento, pois gostei, de fato, de apreciar-te as feições enquanto lias. Bem, conformado fico, pois nada impede que eu volte a te encontrar.